Emperor Sword
엠페러 소드

대호 퓨전 판타지 소설
FUSION FANTASTIC STORY

엠페러 소드 2
대호 퓨전 판타지 소설

초판 1쇄 찍은 날 § 2010년 11월 22일
초판 1쇄 펴낸 날 § 2010년 11월 29일

지은이 § 대호
펴낸이 § 서경석

편집팀장 § 서지현
편집책임 § 주소영
편집 § 박우진

펴낸곳 § 도서출판 청어람
등록번호 § 제1081-1-89호
등록일자 § 1999. 5. 31
어람번호 § 제1-1201호

주소 § 경기도 부천시 원미구 심곡2동 163-2 서경B/D 3F (우) 420-822
전화 § 032-656-4452 팩스 § 032-656-4453
http://www.chungeoram.com
E-mail § chungeoram@chungeoram.com

ⓒ 대호, 2010

ISBN 978-89-251-2357-8 04810
ISBN 978-89-251-2355-4 (세트)

※ 파본은 구입하신 서점에서 교환하여 드립니다.
※ 저자와 협의하여 인지를 붙이지 않습니다.
※ 이 책은 도서출판 청어람과 저작자의 계약에 의해 출판된 것이므로,
   무단 전재 및 유포·공유를 금합니다.

Emperor Sword

엠페러 소드

FUSION FANTASTIC STORY
대호 퓨전 판타지 소설

제1장	페르나팍스	7
제2장	수상한 도시 페우라	31
제3장	광산 노예가 되다	57
제4장	그들의 마음을 얻다	79
제5장	첩자의 정체	105
제6장	일어서는 광산 노예들	127
제7장	밝혀지는 진실	151
제8장	새로운 시작	175
제9장	우울한 황자 트라시온	203
제10장	농락당한 레인	227
제11장	마법사 콘티엘	247
제12장	사소한 다툼	273
제13장	검투 시합	297

Emperor Sword

CHAPTER 01
페르나팍스

"여기가 지름길이라고 했는데."

레인은 몇 번이고 지도를 살폈다.

열 살짜리 아이가 낙서를 한 듯 지도는 엉성하기 그지없었다. 중요한 포인트 몇 개가 체크되어 있었고, 그 사이로 굵은 선이 몇 개 그어진 게 전부였던 것이다.

레인은 지도와 주변의 지형을 비교하기 시작했다.

결국 남은 건 찡그린 인상이었다.

"어쩔 수 없지. 일단은 가보는 수밖에."

레인은 눈앞에 보이는 조그만 오솔길을 따라 발걸음을 옮졌다.

 레인이 있는 곳은 수도 테일로드에서 마차로 보름이나 걸리는 곳이었다.

 다행히 황실 전용 텔레포트 게이트를 이용해 하루 반 만에 올 수 있었지만 아직 난관은 남아 있었다.

 황실 전용의 게이트는 주요 도시마다 설치되어 있었는데, 목적지는 거기에서도 마차로 이틀이나 달려야 도착할 수 있는 장소였다.

 레인은 신분을 감추기 위해 걸어가기로 했다.

 무엇보다 거리가 짧았기에 말을 타는 것보다는 직접 움직이는 게 빨랐다.

 "이거 실수였나?"

 길은 점점 산으로 향하고 있었다.

 레인은 한 시간을 더 걸은 뒤 멈춰 섰다. 그리고 그 아래로 펼쳐진 광경을 훑어보았다.

 멀리서 마차가 다니는 동부대로가 보였다.

 목적지와 도시는 마차가 다닐 수 있는 대로로 연결, 멀리 돌아가게 되어 있었다. 하지만 산을 타고 질러가면 다소 힘들겠지만 하루 만에 도착할 수 있었다.

 목적지는 바로 광산도시 페우라.

 황금이 나오는 황실 직속 광산이 있는 도시였다.

"대충 방향은 맞는 것 같은데, 문제는 이거야."

레인은 지도에 표시된 십자 표시를 쳐다봤다.

그건 동서남북 방향 표시와 더불어 가는 곳의 위치와 거리가 표시된 이정표였다. 하지만 시간상 벌써 나와야 함에도 보이지 않았고, 길은 점점 좁아지고 있었다.

레인은 잠시 주저하다 한숨을 내쉬었다.

"휴우, 별수없지."

레인은 수풀이 우거져 햇살조차 숨어버린 숲 속을 향해 다시 걸음을 옮겼다.

레인은 복잡한 생각을 접고 주머니에서 뭔가를 꺼냈다.

바로 트라시온에게서 받은 패였다.

"'페르나팍스'라고 했지."

트라시온이 말하길, 고대로부터 내려온 언어로 지옥문을 여는 열쇠라고 했다.

어쩐지 어울리는 것도 같았다.

그 페르나팍스에는 세 마리 사자가 양각되어 있었는데, 무척 정교하고 고급스러워 보였다.

하지만 황금 사자는 눈속임이었다.

진짜는 그 안에 새겨진 마법진이었는데, 5클래스에 달하는 마도사 세 명이 한 달 동안 매달렸다고 한다.

레인은 페르나팍스를 보며 한숨을 내쉬었다.

그때의 끔찍했던 기억이 떠올랐던 것이다.

달이 하늘의 정점에 오른 늦은 밤.
"보여줄 게 있다."
황자 트라시온 폰 테일론은 그렇게 말하며 레인을 데리고 움직였다.
파라시움 황궁의 지하.
그곳에 뭐가 있는지 레인도 대충이나마 알고 있었다.
지하에는 테일론 제국의 전력 일부가 숨어 있었는데, 그중 하나가 바로 로열가드였다.
로열가드는 제국 황실의 드러난 방패이자 황제의 의지를 대변하는 기사들이었다.
거기에 속하는 기사들은 무척 뛰어난 실력을 가지고 있어 상위 귀족가의 기사단을 이끌 수 있을 정도였다.
또한 클래스 타워에서 공인된 5클래스의 기사들이었고, 실제로 5클래스 이상의 수준이라고 알려져 있었다.
기사들 전부가 오러 소드를 능숙하게 다룰 수 있었고, 그들 중 일부는 오러 블레이드를 사용하는 소드 마스터에 근접했다고 한다.
'어쩌면 그 이상의 실력일지도…….'
레인은 칸젤에게서 들었던 이야기를 떠올렸다.

5클래스의 기사들이 마치 군기가 가득 찬 신병들처럼 굴러다니는 곳이 바로 황성의 지하였다.

가만히 생각해 보라. 그 얼마나 무시무시한가.

그리고 그게 전부가 아니었다.

테일론 제국의 진정한 숨은 힘이자 황실을 어둠 속에서 지키는 검, 다크 나이트 역시 거기에 있었다.

그들은 황실 정보부보다 상위에 있으며 제국 곳곳에서 벌어지는 수많은 정보를 분석한 뒤 사안의 중요성에 따라 등급을 매겼다.

레인이 대충이나마 아는 건 이 지하실과 단체를 만든 사람이 바로 칸젤과 세이렌이기 때문이었다.

지하로 내려가는 입구에서부터 경비는 철저했다.

여섯 명의 기사가 입구를 지키고 있었는데, 로열가드 중에서도 정예로 보일 정도였다.

문이 열리고 한 발 들어서니 수상한 시선이 느껴졌다.

긴 복도에는 아무도 없었지만 지나는 동안 마치 벽을 따라 움직이는 듯 시선이 따라붙었다.

'잘 훈련되긴 했지만 아직은 부족하군.'

레인은 그들 중 한 명을 쳐다보며 가볍게 윙크를 날렸다. 그러자 혼란스러운 듯 벽의 일부가 휘청거렸다.

"장난치지 마."

트라시온의 말에 레인은 어깨를 으쓱거렸다.

두 사람은 복도를 지나 또다시 계단을 내려갔다. 그리고 갈림길에서 트라시온을 따라 좌로 혹은 우로 움직였다.

그런 과정을 두어 번 반복하자 드디어 목표로 한 장소가 나타났다.

정면에 문이 있었는데, 커다란 황금 사자 두 마리가 위에서 내려다보고 있었다.

트라시온이 손짓을 하자 마치 뒤에서 문을 당긴 것처럼 열리기 시작했다.

안으로 들어간 레인은 약간 놀랐다.

바닥에 커다란 마법진이 그려져 있었고, 거의 오십 명이 넘는 로열가드들이 그 주위에 대기하고 있었다.

"이게 뭡니까?"

레인이 묻자 트라시온은 마법진과 손에 들린 황금패를 가리켰다.

"페르나팍스. 네 손에 들린 게 그거지. 그리고 여기 마법진과 연결되어 있어."

"좀 쉽게 설명해 주시죠."

레인의 투정에 트라시온은 피식거렸다.

"자세한 건 베이딘이 설명해 줄 거야."

트라시온은 그 말을 끝으로 입을 다물었고, 곧 학자처럼 생긴 노인이 종종걸음으로 다가왔다.

노인 베이딘은 페르나팍스와 마법진의 원리, 그리고 작용에 대해 설명했다.

레인은 몇 번이고 반복해서 들으며 궁금한 걸 물었지만 이해할 수 있는 건 하나였다.

페르나팍스의 사용법.

그 외 다른 마법의 작용 방법이니 지속 시간이니 하는 것들은 그저 어려울 뿐이었다.

레인이 혼란스러워하자 베이딘은 좀 더 이해하기 쉽게 설명하려 했다.

"그러니까 이 원리는 마나의 상호 작용 채널에 대해 서로의 신호를 맞추는 것으로 시작합니다. 거기에 준비된 마나석과 마법사들의 파장 공조를 통해 의식 전송을 하는 것이죠. 즉, 실체가 있지만 실체가 아닌……."

쉽게 설명해도 마찬가지였다.

레인도 낮지 않은 수준의 마법을 익혔지만 자신에게 설명하는 상대는 높은 실력을 가진 마법사이자 학자였다.

마치 외국어로 말하는 느낌이랄까?

한참 뒤 베이딘은 손을 들어버렸다.

"그냥 제가 시키는 대로만 하십시오."

"예."

레인은 이해하지 못했다는 괜한 죄책감에 공손히 고개를 숙였다.

레인은 베이딘의 손에 이끌려 마법진의 중앙에 들어섰다.

베이딘이 마법진 밖으로 나가자 트라시온이 물었다.

"실험은 성공했습니까?"

"이론상으로는 완벽합니다. 하지만 아직 실제로 테스트해 보지 못했기에 확신할 수는 없습니다."

"그래요? 그럼 문제가 될 수도 있겠군요. 아! 따뜻한 차 한 잔 부탁해."

트라시온의 손짓에 옆에 있던 마법사 하나가 움직였다.

베이딘은 잠시 마법진과 레인을 번갈아가며 보다가 주저하는 듯 입을 열었다.

"제 생각에는 좀 더 보완을 거친 다음에 하는 게……"

"어차피 저도 대중은 어떻게 놀아가는지 압니다. 그러니 그냥 시작하세요."

"예, 알겠습니다."

어딘가 불안한지 베이딘의 목소리는 흔들리고 있었다.

트라시온이 손가락을 튕기자 베이딘은 마법사들에게 신호를 보냈다.

마법사들은 둥근 마법진의 동서남북에 자리를 잡고 앞에 놓인 커다란 마나석에 손바닥을 대었다.

우우우웅!

진동이 울리며 외곽에 새겨진 마법 문자들이 깜빡이기 시작했다.

레인이 당황해하며 물었다.

"저, 이거 뭐 하는 겁니까?"

"하하, 아까 설명 들었잖아."

"아니, 저, 그게 말이죠, 도무지 이해할 수가……."

번쩍, 번쩍. 파지지직.

갑자기 마법 문자가 있는 곳에서 스파크가 튀더니 곧 글자들이 빛으로 물들기 시작했다.

그 빛은 마법 문자 주위를 돌더니 바닥에 파인 홈으로 빠져들어 가 마법진의 중심으로 향했다.

동시에 레인의 손에 들린 황금패, 페르나팍스에서 빛이 뿜어졌다.

"설마?"

레인의 눈이 커졌다.

페르나팍스의 빛과 마법진 바닥의 빛이 합쳐졌다.

우우우우웅!

마법진이 요동을 치기 시작했다. 동시에 환한 빛이 사방으로 뿌려졌다.

파지지지직!

"끄아아아악!"

레인의 비명을 들으며 트라시온은 빙긋 미소를 지었다. 그리고 마법사가 건네는 차를 입으로 가져갔다.

잠시 후, 레인의 비명이 잦아들었다.

쓰러진 레인의 몸에서 모락모락 연기가 났다.

어딘가 몬스터를 태우는 지독한 냄새가 풍기자 주위에 있던 마법사와 기사들은 코를 막았다.

"성공인가?"

트라시온이 베이딘을 쳐다봤다.

베이딘은 조심스럽게 다가가 페르나팍스를 살폈다.

페르나팍스에서 은은한 황금빛이 뿜어지고 있었는데, 레인의 몸에서도 같은 변화가 일어났다.

"일단은… 성공인 것 같습니다."

"아뇨. 절 죽일 계획이라면 실패했습니다."

레인은 비틀거리며 힘겹게 일어서더니 자신의 몸 상태를 살폈다. 그리고 딱딱하게 굳은 표정으로 마법진을 나와 트라시온을 노려봤다.

"대체 뭐 한 겁니까?"

"아까 설명하지 않았나? 마법진과 페르나팍스가 가지는 고유의 파장, 그리고 그걸 너와 동질화시킨 거지."

"쉽게, 쉽게 좀 설명해 주시죠."

레인은 거칠게 고개를 흔들며 이를 빠드득 갈았다.

트라시온은 어깨를 한 번 으쓱거리더니 말했다.

"흐음, 좋아. 일단 사람 신체는 일정한 박자에 따라 움직인다는 걸 너도 알 거야. 심장박동과 그에 맞춰 흐르는 피는 신체의 움직임에 영향을 주지. 지금 네 얼굴에 그려진 주름까지 박자의 규칙에 따라 만들어진 거라고."

"지금 저에게 무공에 대해 이야기하려고 하십니까?"

"아! 미안하군. 그건 아니야. 어쨌든 방금 한 건 네 몸속에 있는 박자와 페르나팍스, 그리고 마법진의 파장의 형태를 같게 만든 거지."

"아직은 확실하진 않습니다만……."

옆에서 베이딘이 한마디를 던지고 지나갔다.

극악무도한 마법진의 실험 대상이 됐다는 생각에 레인의 눈에서 살기가 뿜어졌다.

그 대상인 트라시온은 격려하듯 레인의 어깨를 두드렸다.

"어쨌든 이론상으론 완벽했으니 걱정할 필요 없어. 일단 성공했잖아?"

"만약에 실패하면 어떻게 되는 겁니까?"

"글쎄? 일단 죽지는 않는다고 하던데?"

트라시온은 슬쩍 베이딘을 보며 책임을 떠넘겼다.

"죽지 않는 게 산다는 건 아니죠. 그리고 전 분명히 그렇게 말씀드렸습니다."

베이딘은 그렇게 말한 뒤 마법사들을 향해 움직였다. 괜히 옆에 있다가 불똥이 튈까 싶어서였다.

그때 레인의 손에 들린 페르나팍스가 우웅, 우웅 하고 진동하기 시작했다.

레인은 본능적으로 고개를 돌렸다.

다른 마법사들과 마법진을 확인한 베이딘이 고개를 끄덕이며 말했다.

"파장 공조가 성공했습니다."

"다행이군. 실패했다면 될 때까지 했을 텐데."

어딘가 아쉬운 듯한 트라시온의 목소리였다.

레인은 뭔가 울컥하는 걸 느꼈지만 상대는 테일론 제국의 빌어 처먹을 황자였다.

"이제 다 끝난 겁니까?"

"아니, 아직 남았어. 하지만 그건 시간이 걸릴 테니 설명만 해주도록 하지."

트라시온이 손짓을 하자 마법사들은 다시 자신의 일에 집중하기 시작했다.

상황 확인을 끝낸 베이딘이 레인을 향해 다가왔다.

"파장 공조가 끝났습니다. 그러니 연결 신호와 거리에 따른 지연 시간, 그에 따른 마나 분배와 구현화 실험이 남았습니다. 그리고 아직 실험 과정이……."

베이딘은 최대한 쉽게 설명한다고 했다. 하지만 레인의 머리는 혹사되고 있을 뿐이었다.

"하아아!"

긴 한숨 소리가 적막한 숲 속을 흔들었다.

레인은 페르나팍스에 대한 걸 몇 번이고 생각했다.

결론은 이론 따위 개나 줘라였다.

"그러니까 여기에 마나를 주입하고 지정된 신호를 보내면 황궁 파라시움의 지하에 있는 마법진이 반응한다 이거지. 그리고 다시 신호를 보내면 발동한다는 것이고."

레인은 세이렌에게 무공을, 칸젤에게 마법을 배웠기에 보통 사람보다 이해할 수 있는 폭이 넓었다.

그럼에도 이 페르나팍스란 물건은 좀처럼 쉽게 정복되지 않았다.

물론 대략적인 원리는 아주, 아주 쉬웠다.

일종의 텔레포트 마법과 상대 좌표 지정, 그리고 소환 마법의 조합이랄까?

"한번 해볼까?"

어느 정도는 이해했지만 실제로 실험해 본 적은 없었다.

레인은 그렇게 고민하며 산길을 걷다가 수상한 낌새를 느졌다.

'누군가 있다.'

한둘도 아닌 수십 명의 사람이 수풀 사이에 숨어 있었다.

레인은 그들에게서 느껴지는 기운이 별것 아님을 확인하고는 다시 앞으로 나갔다.

아니나 다를까.

레인이 어느 정도 다다르자 그들이 숲 속에서 뛰쳐나왔다.

선두에 있던 밤송이수염의 중년인이 소리쳤다.

"우리는 산적이다! 가진 걸 얌전히 내놓는다면 목숨만은 살려주마!"

레인이 멀뚱한 표정으로 서 있자 밤송이수염은 살짝 인상을 찌푸렸다. 그리고 위협용으로 마련한 커다란 도끼를 번쩍 들어 옆에 있는 작은 나무를 후려쳤다.

콰지직!

아이 몸통만 한 나무가 속살을 드러낸 채 단번에 쓰러져 버렸다.

"다시 말하마! 가진 걸 모두 내놔라!"

레인은 잠시 이들을 어떻게 처리할까 생각했다.

"어린놈이 내 말을 무시하느냐!"

밤송이수염은 더 이상 참지 않고 레인을 향해 다가왔다.

도끼가 하늘에서 떨어졌다.

콰아앙!

바닥이 움푹 파이고 흙먼지가 피어났다.

"어라?"

밤송이수염은 주위를 두리번거렸다.

"여기야, 여기."

뒤에서 목소리가 들리자 밤송이수염은 깜짝 놀랐다.

하지만 지금까지 적지 않은 경험을 한 듯 바로 몸을 돌리며 도끼를 휘둘렀다.

부우웅.

힘이 너무 들어갔는지 밤송이수염은 몸을 주체하지 못하고 휘청거렸다.

이번에도 도끼에 걸리는 건 아무것도 없었다.

"여기라니까."

밤송이수염은 또다시 소리가 들리는 곳으로 도끼를 휘둘렀다. 하지만 결과는 마찬가지였고, 레인의 장난질은 계속되었다.

"으아아악!"

밤송이수염은 미친 듯이 도끼를 휘두르며 레인의 그림자를 쫓았다.

뒤에서 구경하던 산적들은 자신들의 두목이 미친 사람 같다는 생각을 했다. 레인은 가만히 있는데 엉뚱한 곳에다 도끼를 휘두르는 것처럼 보였던 것이다.

얼마나 움직였을까?

"헉헉, 헉헉헉!"

밤송이수염은 지친 듯 거칠게 숨을 내뱉었고, 땀까지 뻘뻘 흘리고 있었다.

레인은 그 모습이 귀여워(?) 피식 웃음을 터뜨렸다.

사실 산적들 중에 제대로 된 무장을 갖춘 사람은 아무도 없었다.

가죽을 덧대어 가슴을 두껍게 한 게 전부였고, 상대를 위협하기 위해 쓸데없이 불편하고 커다란 무기들만 잔뜩 들고 있었다.

'어설퍼, 정말 어설퍼.'

장난을 치던 레인의 눈이 갑자기 번쩍였다.

'어라? 무기가 어딘가 다른데?'

보통 산적들과 다르게 그들이 들고 있는 무기는 괜찮은 편이었다. 제법 질 좋은 금속으로 만든 듯 날카롭고 예리한 빛을 내고 있었으며 손질도 잘되어 있었다.

세이렌에게서 무기 손질하는 법을 배웠던 레인이기에 그런 사실을 단번에 알아차린 것이다.

레인이 자신의 도끼를 유심히 쳐다보자 밤송이수염은 무시당했다는 기분을 느꼈다.

"헉헉! 지금껏 봐줬더니 기가 살았군. 가급적 피를 볼 생각은 없었지만, 네 이놈, 가만두지 않겠다."

밤송이수염은 전형적인 악당의 대사를 내뱉었다.

다시 밤송이수염이 도끼를 들고 달려들었고, 레인은 슬쩍 물러나며 발을 걸었다.

"으아아악!"

밤송이수염은 바닥을 뒹굴었다. 그리고 흙먼지를 잔뜩 뒤집어쓴 채 일어나더니 씩씩거렸다.

"뭣들 해. 당장 저놈을 잡아!"

그 명령에 주저하던 몇몇 산적들이 앞으로 나섰다.

레인은 그들의 행동이 체계적이지 않고 어설프다는 걸 단번에 파악했다.

'가만, 이참에 시험해 보는 것도 좋겠군.'

갑자기 그 생각이 들자 산적들이 불쌍해 보였지만 레인은 망설이지 않았다.

레인은 페르나팍스를 쥐었다.

내공이 스며들자 페르나팍스가 우웅, 우웅 하며 진동했다.

잠깐 뭔가 번쩍하는 빛이 나자 앞으로 나서던 산적들은 걸음을 멈추었다. 그리고 갈등하는 듯 고개를 돌려 밤송이수염을 쳐다봤다.

"뭐 하냐고! 잡아, 잡으란 말이야!"

밤송이수염이 버럭 고함을 지른 바로 그때였다.

"페르나팍스. 게이트 오픈."

레인이 이름이자 주문을 외우는 순간 앞으로 내민 손에서 황금빛이 뿜어져 나왔다.

"소환."

번쩍.

산적들은 다급히 눈을 가렸다.

곧 빛이 사라지고 겨우 앞을 볼 수 있게 된 산적들은 깜짝 놀라고 말았다. 레인의 뒤에 이제껏 없던 이들이 모습을 드러낸 것이다.

우람한 체구의 기사들은 모두 화려하게 장식된 갑옷을 입고 있었다. 특히 갑옷의 가슴에는 황금 사자가 새겨져 있었고, 허리에 찬 날카로운 검이 빛을 뿌렸다.

"마스터, 명령을 내리십시오."

머리에 붉은 수실이 달린 기사가 고개를 숙였다.

"산적들이야. 잡아."

"예, 마스터."

선두에 선 기사가 검을 앞으로 내뻗자 기사들이 산적들을 향해 우르르 몰려갔다.

그 뒤로 레인의 목소리가 들렸다.

"살살 하라고."

졸지에 기사들을 상대하게 된 산적들의 얼굴이 하얗게 질리고 있었다.

곧 산적들의 비명이 좁은 산길에 메아리쳤다.

레인은 적당한 통나무에 다리를 꼬고 앉았다.

그 앞에는 산적들이 얼굴을 알록달록 피멍으로 물들인 채 무릎을 꿇고 있었다.

"그러니까, 오늘이 처음이었단 말이지?"

"예, 그렇습니다."

"그것참, 이상하군. 이 길로 다니는 사람이 한둘도 아니고, 산적들이 나타났다는 소문이 나면 결코 좋을 일이 없을 텐데."

레인은 고개를 갸웃거렸다.

지금 레인이 가는 곳은 광산도시 페우라였다. 그리고 그곳을 관리하는 데비슨 자작은 뛰어난 수완을 가지고 있는 귀족이었다.

출발하기 전, 길드를 통해 얻은 정보에 의하면 데비슨 자작은 야심이 많은 사람이라고 했다. 그가 보다 높은 자리에 올라가려면 페우라를 발전시켜 황제에게 그 공을 인정받아야 하는 것이다.

사실 데비슨 자작이 페우라를 관리하게 된 건 이유가 있었다.

이전까지 광산도시 페우라를 관리하던 건 테리븐 론 바스타 자작이었다.

테리븐 자작은 나이가 많아 노환으로 죽었는데 아쉽게도 자식이 없었다. 그 뒤를 이어 바스타 자작가를 이을 동생은 그전에 실종된 상태였고, 후손들도 마찬가지였다.

당시는 카오스 스톰이란 정체불명의 단체에 의해 귀족들의 실종이 빈번한 상태였으니 다들 그런가 하고 생각했다.

그렇게 바스타 자작가의 맥이 끊어져 관리자 자리가 공석이 되자 데비슨 자작은 그 기회를 놓치지 않았다.

자작은 광산의 관리자 자리를 얻기 위해 인근 영지의 두 귀족과 영지전을 벌여 승리했고, 그 결과 벌써 15년째 관리를 맡고 있었다.

그런 데비슨 자작이 산적들을 용납할 리가 없었다.

그때 밤송이수염이 눈물을 뚝뚝 흘렸다.

"크흑, 저희도 하고 싶어서 산적 짓을 하는 게 아닙니다. 너무 먹고살기가 힘들어서……."

"그렇게 살기 힘들어?"

"예. 집에는 늙으신 어머니와 토끼 같은 자식들이 저만 보고 있는데, 광산에서 생산량이 점점 줄면서 일거리가 떨어졌습니다."

밤송이수염은 이마를 바닥에 대고 울먹였다.

"근데, 너무 흔한 이야기다?"

레인의 의심에 밤송이수염이 움찔거렸다.

"하지만 어렵다고 하니 봐주지. 앞으로 산적질 하지 말고 착하게 살아. 그나마 나 같은 사람 만났으니까 너희가 살아있는 거지 잘못 걸리면 그냥 죽는다고."

레인이 으르렁거리자 산적들은 몸을 떨었다. 다시 기사들이 뒤에서 튀어나올 것 같은 기분이었다.

레인은 그런 산적들에게 소리쳤다.

"이만 돌아가라고! 하지만 다음에 걸리면 정말 가만두지 않을 거다!"

"다시는 나쁜 짓 하지 않고 착하게 살겠습니다."

"감사합니다, 정말 감사합니다."

산적들은 몇 번이고 고개를 끄덕인 뒤 서둘러 돌아갔다.

레인은 산적들의 모습이 완전히 사라지고 나서야 통나무에서 일어섰다.

"확실히 뭔가 있어."

레인은 천천히 트라시온의 이야기를 되살렸다.

트라시온은 첫 번째 임무라고 하면서 페우라를 조사해 달라고 했다. 몇 년 전부터 꾸준히 생산량이 줄어들고 있는데 원인을 찾을 수 없다는 말이었다.

레인은 눈치껏 그게 전부가 아님을 알아차렸다.

어차피 광산은 시간이 지날수록 캐내는 금속의 양이 적어진다. 더군다나 20년이 훌쩍 넘어갔으니 파낼 만큼 팠다고 봐도 좋았다.

하지만 뭔가 다른 이유가 있을 것 같았다.

레인은 약간 궁금하긴 했지만 트라시온이 이야기해 줄 것 같지 않아서 그냥 모른 척했다.

어차피 자신의 임무는 조사였다.

확실한 증거가 나왔을 때 소식을 전하면 그만인 것이다.

"무리할 필요는 없지."

레인은 그렇게 생각하며 산적들의 뒤를 쫓았다.

CHAPTER 02
수상한 도시 페우라

황궁 파라시움의 지하.

로열가드 중 한 사람이 무릎을 꿇은 채 트라시온에게 보고했다.

"푸하하하하! 미치겠군."

트라시온은 주위의 눈만 없었으면 배를 잡고 뒹굴었을지도 몰랐다.

그만큼 웃음이 컸고, 반응도 격렬했다.

"아우, 배야."

트라시온은 겨우 웃음을 진정시키며 손으로 눈물을 닦았다.

테일론 제국 황제의 명령만 듣는다는 최고의 기사들이 바로 로열가드였다.

향후 10년 이내 소드 마스터가 될지도 모르는, 그런 실력을 가진 기사들인 것이다.

"고작 산적 열 명을 잡는 데 너희들을 부르다니, 정말 웃기는군. 안 그래?"

트라시온은 산적들이 무척 불쌍하다는 생각이 들었다.

머리에 붉은 수실 장식이 달린 기사는 못마땅하다는 표정으로 살짝 인상을 찌푸렸다.

"아무래도 주의를 주시는 게……."

"아냐. 괜찮아. 테스트라고 생각하면 되지. 그리고 레인도 그 정도 생각은 하고 있을 거야."

뭐라 말하려던 기사는 결국 입을 다물었다.

트라시온은 자리에서 일어나 기사들에게 대기를 명령하고 베이딘을 찾았다.

"문제는?"

"아주 순조롭습니다. 남은 건 시간 조절과 한 번 움직이는 데 필요한 마나의 안정적인 공급입니다. 그리고……."

한참 이야기를 듣던 트라시온은 고개를 끄덕였다.

트라시온은 아주 어릴 때 칸젤에게서 신기하고 재밌는 이야기를 들었다.

그건 바로 암행어사라는 인물이 벌인 일이었다.

그때 트라시온은 암행어사에 흠뻑 빠지고 말았다. 그래서 언제고 기회가 된다면 반드시 실현해 보이고 싶다는 생각을 했었다.

트라시온은 씨익 웃으며 말했다.

"이제 시작이군."

*　　　*　　　*

"어라?"

레인은 황당한 표정을 지었다.

밤송이수염 산적의 흔적을 따라 숲길을 내려왔는데 자신이 찾던 길과 불과 20여 미터도 떨어지지 않았다.

밑으로 내려와 지도를 살핀 레인은 곧 그 이유를 알 수 있었다.

두 길 사이에 수풀이 무성했고, 자신이 있던 길이 훨씬 위쪽이라 바로 아래가 잘 안 보였던 것이다.

"이걸 두고 그렇게 헤맸다니."

레인은 고개를 흔든 뒤 밤송이수염을 조심스럽게 추적했다. 이미 길을 찾았지만 아무래도 그들의 뒤를 쫓는 게 빠르고 편할 것 같아서였다.

불과 한 시간도 걷지 않아 레인은 걸음을 멈추었다.

정면에 커다란 성벽이 있었는데 그 높이가 무려 5미터에 가까웠다. 광산도시와 바깥을 구분하기 위해 지어진 것치고는 뭔가 어색했다.

"왠지 기분이 나쁘군. 이건 마치… 감옥 같아."

첫인상부터 좋지 않았기에 레인은 섣불리 움직이지 않고 몸을 숨긴 채 좀 더 주위를 살폈다.

광산도시 페우라는 적의 침략을 받을 일이 없어서 성벽도 그렇게 높게 짓지 않았다고 했다.

이제 보니 성벽을 보수해서 올린 듯 아래쪽과 위쪽의 벽돌 색이 미묘하게 달랐다.

레인은 떨어지는 해를 보고 잠시 망설이다가 손을 들었다.

"트랜스."

주문을 외우자 얼굴이 조금씩 변하더니 40대 정도로 바뀌었다. 거기다 망토를 뒤집어쓰고 복장을 손질하자 영락없는 퇴물 용병 같았다.

"거울이 없는 게 아쉽군."

레인은 천천히 성문을 향해 걸었다.

방금 전 밤송이수염이 태연히 들어간 것처럼 레인이 다가가자 입구를 지키는 두 경비기사가 창으로 앞을 막았다.

경비기사는 레인의 위아래를 훑어보고 별것 아니라고 판

단한 모양이었다.

"이봐, 신분패를 꺼내."

거부감이 들 정도로 위압적인 말투였다.

레인은 약간 거슬렸지만 노련한 용병처럼 대응하기로 했다.

"여기 있습니다."

약간은 거친 말투에 경비기사가 웃음을 터뜨렸다.

레인이 내민 용병패를 기사가 받을 때였다.

옆의 기사가 레인의 허벅지를 향해 기습적으로 창을 찍었다.

"윽."

통증이 상당한지 레인은 신음을 내며 물러서다 용병패를 떨어뜨렸다.

경비기사는 창끝으로 떨어진 용병패를 툭툭 건드렸다.

"고작 용병 따위가 건방진 태도라니."

"그러게 말이야. 감히 주제를 몰라."

두 경비기사는 조롱하듯 레인을 쳐다봤다.

레인은 인상을 찌푸리며 용병패를 잡으려 했다.

그때 기사 중 한 명인 블렌드의 창이 용병패를 옆으로 쳐내었고, 레인이 헛손질을 했다.

두 경비기사는 그걸 보고 킥킥거렸다.

레인은 다리를 절며 두 손으로 용병패를 집어 들고 경비기사 블렌드에게 내밀었다.

이번에는 고개까지 깊숙이 숙인 상태였다.

"진작 그럴 것이지."

블렌드는 그렇게 말하며 용병패를 확인했다.

"이름 카라드, 나이 서른아홉, C급 용병. 맞나?"

"예, 그렇습니다."

레인이 공손히 대답하자 블렌드는 더욱 조롱하는 투로 말했다.

"쯧쯧, 그 나이에 겨우 C급 용병이라니. 별 볼일 없겠군."

C급, 즉 2클래스 수준의 용병은 기껏해야 마을과 마을, 그리고 자작령 이하의 영지를 돌아다니는 의뢰를 받을 수 있었다.

대부분의 기사들이 3클래스임을 감안하면 한참이나 수준이 떨어진다고 할 수 있었다.

"그래, 페우라에는 무슨 일이냐?"

"일자리를 얻을 수 있다고 해서 왔습니다."

블렌드는 다시 한 번 레인의 몸을 훑어보더니 살짝 고개를 끄덕였다.

"너 같은 놈이라도 일을 시켜줄 순 있지. 좋다, 들어가라."

"감사합니다."

레인은 조심스레 용병패를 받아 들고 두 경비기사 사이로 움직였다.

그때 옆에 있던 경비기사가 불쑥 다리를 걸었다.

레인은 미처 피하지 못하고 거기에 걸려 앞으로 넘어지고 말았다.

주위에 있던 다른 기사와 병사들이 레인의 모습에 웃음을 터뜨렸다.

"그냥 가면 어떻게 하겠다는 거야?"

블렌드가 소리치자 레인은 영문을 모르겠다는 표정을 지었다.

"이렇게 눈치가 없어서야……. 통행세를 내란 말이다."

레인은 주섬주섬 일어서서 물었다.

"통행세라고요?"

"그래. 여기 광산도시 페우라는 데비슨 자작님께서 관리하고 계신다. 그리고 우리는 데비슨 자작님의 기사지. 즉, 통행세를 거둘 자격이 있다."

블렌드는 손으로 가슴을 치며 당당하게 말했다.

레인은 어이가 없었고, 곧 짜증이 밀려오는 것을 느꼈다.

'확 이것들을 그냥 조져 버려? 아냐. 참자.'

레인은 이왕 당해주기로 한 거 조금만 더 참기로 했다.

"죄송합니다. 통행세가 얼마입니까?"

"5실버."

"예?"

레인은 일부러 놀라는 표정을 지었다.

5실버면 그리 큰돈은 아니나 한 가족이 푸짐하게 식사를 할 수 있을 정도였다.

레인이 슬쩍 눈치를 살폈다.

두 기사는 그 돈을 불건전한 음주 문화를 위해 기부(?)하려는 듯 미소를 짓고 있었다.

"5실버라고. 싫으면 돌아가."

블렌드가 으르렁거리며 말하자 레인은 다급히 고개를 숙였다.

"원래 통행세는 없는 것으로 알고 있습니다만……."

"정말 몰라서 묻나? 만약 너 같은 녀석이 도시 안에 들어가서 사고라도 치면 어떻게 되겠어? 이건 그에 대한 보증금이야. 그리고 싫으면 돌아가. 일자리를 구하는 용병은 하루에도 수십 명씩 있다고."

칼자루를 쥐고 있는 건 경비기사들이었다.

레인은 어쩔 수 없이 고개를 숙이고 말았다.

"제가 돈이 얼마 없어서……."

레인이 주머니를 뒤져 꺼낸 건 4실버 하고도 열 몇 개의 브론즈였다.

블렌드는 살짝 인상을 찌푸렸다.

아무리 거지같은 차림이라도 용병인 이상 그 정도만 들고 다닐 리가 없었다. 하지만 돈 몇 푼 때문에 지저분하게 보이는 레인의 몸을 뒤지고 싶은 생각은 없었다.

"이것만 받도록 하지."

기사가 4실버를 뺏듯이 가져간 뒤에야 말했다.

"도시에서 괜한 소란을 피우면 가만두지 않겠어."

"예, 명심하겠습니다."

레인은 고개를 숙인 뒤 몸을 일으키다가 휘청거렸다. 그건 누가 봐도 다리에 힘이 풀린 것 같은 모습이었다.

블렌드는 인상을 찌푸리며 자신에게 기대어오는 레인을 툭 밀쳤다.

그 순간 레인의 손이 번개처럼 움직였다.

"이렇게 약해서 무슨 일을 하겠다는 거냐."

"죄, 죄송합니다."

레인은 기사들을 향해 고개를 숙인 뒤 서둘러 걸음을 옮겼다.

며칠 전 블렌드가 받은 봉급이 고스란히 레인의 손에 들려 있었다.

레인은 번화가에서 한 블록 떨어진 술집을 찾았다.

너무 중심가에 있는 술집은 시끄럽고 번잡했으며, 정보를 얻기가 쉽지 않았던 탓이다.

레인은 술집을 둘러볼 수 있는 구석 자리의 바에 자리를 잡고 주위를 관찰했다.

술집의 분위기는 착 가라앉아 있었다.

몇몇 사람들은 눈치를 보며 맥주를 마셨고, 일부는 술에 취해 울분을 터뜨리기도 했다.

한참을 듣던 레인은 인상을 찌푸렸다.

술을 마시는 사람들의 대화만 들어도 광산도시 페우라의 분위기를 쉽게 짐작할 수 있었다.

부쩍 오른 세금에 수익을 다 털린 상인에서부터, 보호세를 받는 기사들과 그들과 짜고 행패를 부리는 뒷골목 건달들 이야기까지 어느 하나 제대로 된 구석이 없었다.

'완전히 썩었군.'

레인은 맥주를 크게 한 모금 들이켜고는 잔을 내려놨다.

아무리 생각해도 의심이 가는 게 한두 개가 아니었다.

우선은 자신을 공격하려 한 산적이었다.

다른 도시도 아닌 광산도시 페우라는 테일론 황실에서 직접 관리하는 곳이었다. 비록 데비슨 자작이 전권을 맡고 있지만 공식적으로는 그러한 것이다.

물론 황실에서는 크게 관심을 가지지 않았다.

생산량이 줄고 있지만 꾸준히 황금과 상급의 철광석이 나오고 있었으며 별다른 잡음이 없는 까닭이었다.

그런 상황에서 산적이 있다는 소문이 나면 황실에서 가만히 있을 리가 없었다.

또한 데비슨 자작 역시 영지 관리 능력을 의심받을 게 분명했으니, 야심이 큰 그의 입장에서는 결코 용납할 수 없는 일이었다.

또 하나는 경비기사들의 태도였다.

기사들은 영주의 명령에 따라 성문을 지킨다. 동시에 수상한 사람이 출입하는 걸 막기 위해 신분패를 확인하고, 상황에 따라 통행세를 받기도 한다.

하지만 이런 무례한 경우는 없었다.

다짜고짜 창을 휘둘러 사람을 상하게 했고, 통행세도 뺏듯이 가져갔다.

더욱이 주변에 있던 병사들 역시 그걸 뻔히 보고도 당연하다는 표정을 짓고 있었으니, 그런 일이 하루에도 몇 번씩 있었다는 것이 된다.

"기사도가 없는 기사라니 정말 한심하군."

레인은 다시 술집을 돌아봤다.

고단한 하루를 잊고 내일을 위해 술을 마시는 사람들은 보이지 않았다. 단지 시름과 절망 사이에서 몸을 가누지 못해 술에 의지하는 사람이 대부분이었다.

도시의 번화가, 그 근처의 술집 분위기가 이렇다면 도시의 수명은 얼마 남지 않았다는 게 된다.

'뭔가 문제가 있어.'

레인이 눈을 반짝이는 그때 술집 문이 왈칵 열렸다.

안으로 들어온 커다란 덩치가 다가가자 바텐더는 조용히 뭔가를 꺼내 내밀었다.

덩치는 그 작은 주머니를 받고 안을 살핀 뒤에야 빙긋 웃었다. 그리고 바텐더의 어깨를 두드리고는 주위를 한 번 살피다 레인과 눈이 마주쳤다.

덩치는 뭔가 이상한 듯 고개를 갸웃거리다 다시 바깥으로 나갔다.

레인은 바에 잠시 손을 올려놓은 후 덩치를 추격하기 위해 자리에서 일어났다.

바에 남은 건 경비기사에게서 뺏은 월급이었다.

덩치는 몇 군데 술집을 돌고 나서야 크게 한숨을 내쉬었다.

그때 다른 녀석이 나타나 물었다.

"수금은 끝났나? 별다른 문제는 없고?"

"예, 라버트님. 아무 문제 없습니다."

라버트란 녀석은 대답을 듣고도 뭐가 불만인지 여전히 굳은 표정이었다.

"그런데 이 시간에 어디 가는 길이십니까?"

덩치가 조심스럽게 묻자 라버트가 인상을 와락 찌푸리며 거칠게 말했다.

"낮의 일 때문에 바일즈 형님이 보자더군. 제길."

덩치는 약간은 불안한 표정을 지었다.

"잠깐 나가봐야겠다. 애들 단속 잘하고, 괜한 소란 피우지 마라."

"예, 알겠습니다."

덩치가 고개를 숙이자 라버트가 그의 등을 두드렸다.

멀리서 그 광경을 지켜보던 레인은 일이 복잡하게 돌아간다는 걸 느꼈다.

덩치를 쫓은 건 그가 오늘 만났던 산적들 중 한 명이기 때문이다. 왼쪽 눈에 만들어진 멍과 약간 덜렁거리는 턱이 그걸 확실하게 증명하고 있었다.

또 덩치가 고개를 숙인 라버트는 오늘 자신에게 도끼를 휘두른 밤송이수염이었다.

'역시 내 생각이 맞았어.'

레인은 밤송이수염 산적이 연기를 하고 있다는 걸 알고 있었다. 너무 뻔한 소리를 하는데 그게 거짓말인 걸 모르는 게 더 이상했다.

레인은 라버트를 쫓았으나 경비기사들과 실랑이가 벌어지는 바람에 놓쳤다. 그런 녀석이 이렇게 나타났으니 뭔가 일이 잘 풀리려나 싶었다.

라버트는 뭔가 걱정이 되는 듯 수하 하나와 몇 번이고 주위를 살피며 움직였다.

레인은 어둠 속에 몸을 숨기며 여유롭게 쫓았다.

잠시 후, 라버트는 허름한 여관으로 들어갔고, 수하는 입구에서 주위의 눈치를 살폈다.

레인은 재빨리 둘러보다 마침 근처에 적당한 크기의 건물을 발견했다.

레인은 망설임없이 건물 옥상으로 올라가 바닥에 엎드렸다. 그리고 라버트가 들어간 건물을 관찰하기 시작했다.

"흐음."

레인은 창문 안쪽의 광경을 보고 황당함을 느꼈다.

겉으로 봐서는 허름한 여관이었는데 창문으로 보이는 내부는 그게 아니었다.

요란한 장식으로 이루어진 방에는 푹신한 가죽 소파가 있었는데, 커다란 체구의 중년인이 몸을 묻고 있었다.

그 좌우로 옷보다 피부를 더 많이 드러낸 미녀들이 시중을 들고 있었다.

요리사가 식탁에 있는 커다란 통돼지 구이를 조심스럽게

해체하고 고기를 접시에 따로 덜었다.

한 미녀가 그 고기를 먹기 좋게 잘라 중년인에게 주었고, 다른 미녀는 입으로 와인을 머금어 중년인의 입에 흘려주었다.

"아주 호사를 누리는구나."

레인은 살짝 인상을 찌푸리며 다시 방 안을 관찰했다.

건물의 겉은 허름했지만 내부는 고급 요정이나 마찬가지였다. 그것도 호화스러운 정도를 보니 아무나 출입할 수 없을 것 같았다.

"어라?"

레인은 방 안을 살피다 의외의 인물을 발견했다.

소파에 앉은 중년인의 등 뒤로 네 명의 기사가 자리를 잡고 있었다. 그런데 그중에 인상이 불편해 보이는 녀석이 바로 성문에서 통행세를 뺏어간 놈이었다.

"냄새가 나는군."

자신을 습격했던 산적, 그리고 행패를 부리던 기사가 같은 방에 있었다.

당연히 의심할 수밖에 없는 상황.

레인은 귀를 기울여 방 안의 대화에 집중하기 시작했다.

"그 얼굴이 뭐냐?"

중년인의 말에 밤송이수염 라버트는 부끄러운 듯 손으로

얼굴을 문질렀다.

"바일즈 형님, 그게 어찌 된 일이냐면……."

라버트는 오늘 산에서 있었던 이야기를 조심스럽게 꺼냈다.

꼬질꼬질한 차림의 용병이 혼자 오기에 계속 대기하는 게 심심해서 위협을 했다. 그런데 산적 흉내를 내며 털려는데 갑자기 기사들이 나타났다는 것이다.

"기사들은 강했습니다. 그러다 보니……."

"그 기사들은 어떻게 됐는데?"

"저, 그게… 그냥 사라졌습니다."

라버트의 대답에 바일즈는 코웃음을 쳤다.

"흥, 지금 그게 말이 된다고 생각해?"

라버트가 더욱 고개를 숙였다.

말하는 자신도 직접 겪지 않았다면 믿기 힘든 일이었으니 바일즈의 저런 반응은 당연한 건지도 몰랐다.

"하지만 정말입니다. 제가 거짓말을 할 이유가 없지 않습니까?"

"어디서 술주정하다가 두들겨 맞았을 수도 있지."

바일즈가 차갑게 대꾸했다.

이전에도 이런 일이 있었는지 라버트는 입을 열지 못했다.

"그럼 그 용병이란 녀석은?"

"잘 모르겠습니다."

"이런 멍청이 같으니라고. 대체 아는 게 뭐가 있어? 기껏 빠져나가는 놈들이 있나 감시하라고 보냈더니 어디서 쥐어터지고 와서는."

바일즈는 뒤쪽에 있는 기사를 쳐다봤다.

"너희들이 오늘 경비를 섰다고 했지? 라버트가 말하는 용병이 도시에 들어섰나?"

"용병 네 명이 오기는 했지만 그런 얼굴을 가진 사람은 없었습니다. 그리고 제일 젊은 녀석이 서른 살 정도여서 청년은 없었던 걸로 기억합니다."

레인을 건드렸던 기사가 대답하자 바일즈는 라버트를 노려봤다.

"난 네가 무능한 걸 알고 있다. 하지만 내 사촌동생이니 체면을 생각해서 자리까지 만들어줬다. 그런데 대체 뭐 하는 짓이냐?"

"죄송합니다."

라버트는 억울했지만 더는 변명하지 않았다.

"잘 생각해라. 네가 지금 페우라의 뒷골목을 장악한 건 내 덕이고, 모두 데비슨 자작님의 능력이다. 괜한 소란 벌이지 말고 맡은 일이나 잘해."

"예."

라버트가 고개를 숙이자 바일즈가 손짓을 했다.

나가라는 신호였다.

라버트가 눈치를 보며 밖으로 나가자 미녀들이 바일즈에게 달라붙었다.

"어머, 기사단장님, 화내시면 싫어요."

"그럼요. 비록 라버트가 술에 취해 행패를 부리긴 하지만 그래도 이쪽에선 제법 한다고요."

미녀들이 바짝 안겨와 몸을 비비자 바일즈도 기분이 풀리는 모양이었다.

"삼촌 부탁 때문에 여기까지 데려오기는 했지만 저 녀석은 너무 멍청해. 시키는 일도 제대로 못한다고."

바일즈가 과거의 실수를 들추며 이야기하자 여자들과 뒤에 선 기사들도 웃음을 터뜨렸다.

멀리서 그들의 이야기를 훔쳐 들은 레인은 대충 돌아가는 상황을 짐작할 수 있었다.

저 바일즈란 자는 기사단장에다가 데비슨 자작의 오른팔인 것 같았다. 또한 데비슨 자작은 광산도시를 완벽하게 장악하길 원한 모양이었다.

빛이 있으면 어둠이 있듯이 아무리 도시의 치안이 잘되어 있어도 뒷골목의 조직들은 존재했다.

하지만 그들도 대놓고 보호세를 거둘 수는 없었다.

데비슨 자작 정도의 인물이라면 그 사실을 당연히 알고 있을 테니 오히려 제삼자를 통해 관리할 생각을 했을 것이 분명했다.

그 대상은 자신의 심복 바일즈의 사촌동생이었다.

아주 유명하거나 직계가 아닌 이상 특별히 조사하지 않으면 인척 관계를 알기 어렵다. 그것도 귀족이 아닌 일개 기사와 사촌이라면 더욱 그럴 것이다.

'이 광산도시는 낮에는 기사들이, 밤에는 뒷골목 조직들이 장악하고 있다는 말이군.'

레인은 데비슨 자작의 어이없는 관리 능력에 찬사를 보냈다.

그때 마침 밖으로 나온 라버트가 성질을 부렸다.

쓸데없이 길가에 놓인 돌부리를 걷어차더니 자신을 달래려는 수하에게 주먹질을 했다.

"아무래도 저놈을 구슬려 봐야겠어."

레인은 그렇게 결정을 내렸다.

곧 달빛을 등진 채 레인의 모습이 골목으로 사라졌다.

* * *

"너도 봤잖아. 내 말이 사실이라고."

라버트는 술에 취해 엉클어진 발음으로 소리쳤다.

수하도 고개를 끄덕였지만 술집에 자리 잡은 그의 술꾼 친구들은 그저 웃어넘길 뿐이었다.

라버트의 말이 사실이라고 해도 믿기 어려운 일이었다.

아무도 없는 산길에서 뭐가 번쩍하더니 수십 명의 기사가 나타났단다. 그리고 그 기사들은 단번에 자신들을 제압하고는 연기처럼 사라졌다고 한다.

또 하나, 라버트가 데리고 나간 녀석들은 나름 뒷골목에서 한다 하는 녀석들이다. 거기다 바일즈 기사단이 소유하던 무기까지 빌렸기에, 낮은 수준의 용병들과도 충분히 싸울 수 있었다.

"제길."

라버트는 자신에게 불신의 눈빛을 보내는 친구들을 노려보며 술잔을 집어 던졌다.

챙그랑 소리와 함께 술이 날았고, 술꾼들은 더욱 크게 웃어젖혔다.

그때, 라버트의 뒤로 한 남자가 나타났다.

"아까 그 이야기에 관심이 있는데."

라버트는 반쯤 풀린 눈으로 고개를 돌렸다.

한 중년인이 서 있었는데, 대략 마흔 정도 되는 나이에 드러나는 팔뚝과 얼굴에 자잘한 상처가 가득했다.

거기다 군살이 없는 근육에 왼쪽 얼굴이 약간 처져 있어 어딘가 이상한 분위기였다.

"넌 뭐야?"

라버트의 말에 서른은 조금 넘어 보이는 사내가 작은 주머니를 꺼내 탁자에 던졌다. 묵직한 소리가 울리는 걸 보니 적지 않은 금액인 것 같았다.

"이야기를 들려준다면 오늘 술값은 내가 내도록 하지."

순간 라버트의 눈빛이 반짝였다.

"이유가 있을 것 같은데?"

"나도 비슷한 경험을 했으니까."

사내의 말에 라버트는 고개를 끄덕였다.

같은 경험을 가지고 있다는 건 그에 대한 정보를 얻을 수 있다는 말과 같았다.

순간 라버트의 머리에 바일즈에게 무시당했던 기억이 떠올랐다.

만약 이 녀석에게 쓸 만한 정보를 얻어내어 알려준다면 아까처럼 한마디도 못하고 물러나는 일은 없을 것이고, 바일즈가 자신을 인정할 수도 있었다.

라버트는 주머니를 챙기며 수하에게 신호를 보냈다.

수하는 술집 주인과 이야기를 하더니 곧 계단으로 향했고,

라버트가 자리에서 일어났다.
"아무래도 조용한 곳에서 이야기를 나누는 게 좋을 것 같군."
사내는 말없이 고개를 끄덕였다.
곧 둘은 작은 방으로 들어갔고, 독한 술과 푸짐한 안주가 마련되었다.
사내는 바로 레인이었다.
레인이 라버트에게 말을 건 이유는 여러 가지가 있었는데, 우선은 정보를 얻기 쉬워 보여서다.
라버트는 아는 것도 많지만 불만도 많았다.
레인은 그걸 이용하기로 하면서 트라시온의 또 하나의 부탁을 들어주기로 했다.
그건 바로 소문이었다.
"그러니까, 우선 내 이야기를 듣고 싶다?"
라버트는 약간 게슴츠레한 눈으로 레인을 쳐다봤다.
"맞다. 나도 내가 겪은 일을 이야기하니 다른 녀석들이 미친놈처럼 보더군."
"하긴, 나도 그랬으니……."
라버트는 방금 전의 일이 기분 나빴는지 독한 술을 연거푸 들이켰다.
"내가 겪은 것과 비슷한지 확인하고 싶어서다."

레인의 말에 라버트는 고개를 끄덕이더니 간단하게 자신의 임무에 대해 말했다.

"나는 광산도시 페우라의 치안 일부를 담당하고 있지. 그래서… 흠흠."

그래서 산적질이냐는 말이 나오려는 걸 레인은 억지로 삼켜야 했다.

하지만 어느 정도는 짐작할 수 있었다.

바일즈의 말에 따르면 '누군가'가 '무단'으로 광산도시 페우라를 빠져나가려고 한다. 그걸 감시하기 위해 외곽에 라버트를 보냈다는 게 된다.

'그럼 과연 그 누군가는 누구일까?'

특성상 약간의 폐쇄성이 있지만 광산도시는 사람의 출입이 자유로운 도시였다. 딱히 감시를 한다거나 할 대상이 없는 것이다.

"어쨌든 그 때문에 페우라로 들어오는 입구를 지키고 있었지. 그때 비리비리하게 생긴 녀석이 멍청한 얼굴로 오더군."

순간 레인의 주먹에 힘이 들어갔다.

"그래서?"

"그야 정중히 안내를 하려고 하는데 갑자기 뭐가 번쩍하더니 기사들이 나타난 거야."

라버트는 당사자를 앞에 두고 되지도 않는 거짓말을 침을 튀겨가며 열성적으로 했다. 거기다 두들겨 맞았다는 일을 빼고 그 상대가 오히려 자신들을 산적으로 몰아 돈까지 강탈해 갔다는 것이다.

라버트는 그 외 이런저런 이야기를 주절주절 했지만 별로 도움이 될 만한 건 없었다.

"내 이야기는 여기까지다. 이제 당신도 말해보라고. 대체 어떤 일을 겪었던 거지?"

레인은 치밀어 오르는 살인 충동을 억지로 참으며 미소를 지었다.

"내가 겪은 건 말이야……."

Emperor Sword

CHAPTER 03
광산 노예가 되다

트라시온은 목적이 있었다.

만약 황실에서 나온 감찰관이 신분을 감추고 제국을 떠돈다고 생각한다면, 아무리 계급이 높은 귀족이라 하더라도 조심스러워지는 건 당연했다.

털어서 먼지 나오지 않는 귀족이 없을 정도였고, 특히 그 부분의 일이 제국 법과 어긋나는 것이라면 오히려 불안해할 테니까.

그래서 트라시온은 암행 감찰관에 대한 소문을 널리 퍼뜨리고 싶어했다.

레인은 아주 간단하게 미리 트라시온과 말을 맞춘 대로 이야기하기 시작했다.

"보이는 대로 나는 용병이지. 별로 유명하지 않은 작은 용병단에 속해 있었다."

라버트는 약간은 흥미가 끌린다는 표정을 지었다.

의뢰를 맡아 물건을 호위하는데 갑자기 산적들이 습격했다고 했다. 그런데 그들의 실력이 상당히 뛰어나 용병 대부분이 당한 상황에서 갑자기 한 청년이 나타났단다.

"그 청년은 이렇게 말했지. 테일론 제국에 감히 산적 따위가 있다니, 로일드 폰 테일론 황제의 명을 받아 제국을 도는 암행 감찰관으로 용서할 수 없다고."

"암행 감찰관?"

"그래. 황제에게 로열이라는 성을 받았다고 하더군. 그 이름이… 다크 폰 로열이라고 했다."

적당한 이름이 생각나지 않자 레인은 급히 떠오르는 대로 말했다.

"다크 폰 로열이라……."

폰은 황족에게만 붙여지는 미들네임이다.

황제의 허락 없이 쓰다가는 그것 하나만으로도 반역죄가 될 정도인데, 거기다 로열이라는 성이 붙었다.

그건 확실히 황제의 신임을 받고 있던가, 아니면 미친놈이라는 말과 다름없었다.

"그 뒤는 당신이 말한 것과 비슷하지. 황금빛이 번쩍거리더니 백 명의 로열가드가 나타났고, 산적들은 불과 몇 분 만에 모두 몰살당했다. 그것도 아주 처참하게."

꿀꺽.

라버트는 자신도 모르게 마른침을 삼켰다.

상황만 다르지 자신이 겪은 일과 하나도 다르지 않았다.

만약 자신이 그 녀석의 비위를 맞춰 아부(?)하지 않았다면 같은 꼴이 됐음이 분명했다.

라버트는 슬쩍 자신의 목을 만진 다음 물었다.

"그 뒤로 어떻게 됐지?"

"내가 속한 용병단 대부분이 부상을 입어서 의뢰를 완수하지 못했다. 그리고 배상금을 물다 보니 더는 용병단을 유지하기 힘들어졌어."

뒷말은 듣지 않아도 쉽게 짐작할 수 있을 정도였다.

"그럼 지금은 혼자란 말이군."

레인이 고개를 끄덕이자 라버트는 슬쩍 미소를 지었다.

둘은 다시 술을 마시기 시작했다.

잠시 후 라버트는 어지러운 듯 휘청거렸고, 레인은 이때다 싶어 궁금한 것들을 물었다.

"그런데 여기 광산도시에는 제법 돈 되는 일자리가 있다던데."

"그건 옛말이지. 이제 페우라는 끝났어. 아니, 어쩌면 데비슨 자작도 끝났을지도……."

"그건 또 무슨 소리지?"

"듣기로 더 이상 철광석이 나오지 않는다고 하더군."

페우라는 광산도시다. 더 이상 광석이 나오지 않으면 그 소용 가치는 끝이 난다.

한마디로 폐광이 있는 다른 도시와 마찬가지로 폐허로 변하는 건 시간문제란 소리였다.

'아무래도 뭔가 있어.'

레인은 조심스레 바일즈 기사단장에 대해 물었다.

라버트는 흥분해하며 바일즈에 대해 욕했고, 그가 광산도시의 관리를 하며 뒤로 엄청난 돈을 빼돌리고 있다는 정보를 술술 풀어놓았다.

레인은 라버트를 추켜세우며 그의 말에 맞장구를 쳤다.

라버트는 더욱 신나하더니 광산도시의 시시콜콜한 정보까지 떠들어댔다.

'그렇군. 데비슨 자작은 뭔가를 노리고 있는 게 분명해.'

레인은 바일즈 기사단장과 눈앞의 라버트가 도시를 관리하면서 소문이 새어나가지 않게 하고 있음을 파악했다.

하지만 라버트는 자신이 왜 산적 흉내를 냈는지에 대해서는 끝까지 입을 다물었다.

"그런데……."

막 말을 하려던 레인은 순간 눈앞이 일그러지는 걸 느꼈다.

'어라? 이건 뭐야?'

레인은 곧 호흡을 안정시키고 내공을 돌렸다.

일종의 수면제, 혹은 사람의 몸을 마비시키는 효과가 있는 약이 자신의 몸속을 돌고 있었다. 아무래도 술맛이 찝찝했던 게 이것 때문인 것 같았다.

레인은 라버트가 눈치채지 못하게 약기운을 날려 버린 뒤 일부러 어지러운 척했다.

"너무 과음한 모양이군. 이만 일어서야겠어."

레인은 몸을 일으키다가 휘청거렸다. 그리고 그대로 바닥에 엎어지더니 코를 골기 시작했다.

"이제야 약효가 듣는군."

라버트가 그렇게 말하며 일어서자 밖에 있던 수하가 들어왔다.

"너무 많은 걸 말씀하신 것 같습니다. 바일즈 기사단장님께서 알게 되면……."

"그만!"

라버트가 버럭 고함을 지르자 수하는 입을 다물었다.

"어차피 이 녀석은 이제 끝이야. 죽을 때까지 광산도시를 벗어날 수 없을 거라고. 큭큭."

잠시 후, 레인은 자신이 어디론가 실려 가고 있음을 알아차렸다.

레인은 주변이 조용해지자 눈을 떴다.

"지독하군."

레인은 인상을 찌푸리며 자신의 손목과 발목에 채워진 족쇄를 쳐다봤다.

손목에 채워진 수갑은 쇠로 된 사슬로 연결되어 있었고, 발목 역시 마찬가지였다. 무리해서 뛰려고 하면 넘어질 정도로 딱 보폭보다 조금 넓은 길이로 되어 있는 것이다.

"이거 대체 어떻게 돌아가는 거지?"

레인은 우선 주변을 살폈다. 하지만 사방은 어두웠고, 감옥은 좁아서 확인할 수 있는 게 없다.

"에라, 모르겠다. 될 대로 되겠지."

레인은 바닥에 벌렁 드러누워 눈을 감았다.

시간이 얼마나 지났을까?

문이 열리더니 두 명의 병사가 안으로 들어왔다.

"어이, 일어나."

병사가 창끝으로 레인의 옆구리를 툭툭 쳤다.

레인은 아무것도 모르는 척 잠에서 깨자마자 놀란 표정을 지었다.

"여긴 어디죠?"

레인이 묻자 병사들은 씨익 웃었다.

"여긴 지옥이다."

갑자기 두 병사가 창을 마구 휘두르기 시작했다.

퍽퍽 소리가 요란하게 울렸고, 레인은 아픈 척 비명을 질러댔다.

"적당히 해. 병신이 되면 일을 시킬 수 없잖아."

뒤에서 들려온 목소리에 병사들이 움직임을 멈추었다.

레인은 슬그머니 고개를 돌려 목소리의 주인공을 찾았다.

광산도시의 입구에서 만났던 재수없는 경비기사 블렌드가 그곳에 서 있었다.

블렌드는 성큼성큼 감옥 안으로 들어오더니 레인의 얼굴을 찬찬히 살폈다.

"제길, 이놈도 아니군. 대체 어떻게 된 거야? 그날 들어온 네 놈 중에 분명히 있을 텐데."

블렌드는 자신의 봉급을 털어간 용병을 찾는 모양이었다.

'미리 모습을 바꾸길 잘했군.'

레인은 속으로 한숨을 내쉬었다.

사실 입구에서의 용병 차림으로 움직이려다 마음을 바꾼 건 라버트와 바일즈가 만났을 때였다.

그때 블렌드는 광산도시의 입구로 들어온 용병들에 대해 떠들어댔고, 어느 정도 파악하고 있음을 증명했던 것이다.

레인이 웅크리고 있자 블렌드가 소리쳤다.

"이놈, 끌어내!"

"예."

병사들이 레인의 양팔을 붙잡고 일으켰다.

"걸어."

병사들이 창으로 등을 찌르자 레인은 어쩔 수 없이 밖으로 나가야 했다.

감옥을 나가자 환한 빛이 눈을 찔렀다.

몇 번이고 눈을 깜빡인 레인은 그제야 주변을 돌아볼 수 있었다.

정면에 5m 정도의 높은 목책이 있었고, 그 외에는 전부 깎아지른 듯한 절벽이었다.

혹시나 싶어 절벽을 자세히 살펴보니 자신이 있는 곳은 높은 장소가 아니라 반대로 한참이나 아래로 파여진 곳이었다.

인간이 날개를 가지지 않은 이상은 절대 탈출할 수 없을 것 같았다.

레인은 슬며시 고개를 돌렸다.

왼편에 열다섯 개의 커다란 굴이 뚫려 있었는데, 많은 사람들이 들락거리는 걸 보니 광산 같았고, 오른쪽에는 단체 생활을 위한 숙소처럼 보이는 건물이 있었다.

병사들이 레인을 건물을 향해 밀쳤다.

"어서 걸어."

레인은 살짝 인상을 찌푸렸지만 거부하지 않고 순순히 걸음을 옮겼다.

'이왕 이렇게 된 거, 어떻게 돌아가는지 살피는 것도 나쁘진 않겠군. 어차피 그러라고 보낸 것 같으니.'

레인은 트라시온 황자를 떠올리며 이를 빠드득 갈았다.

트라시온이라면 분명 돌아가는 상황이 어떤지 다 알고 있을 터였다. 그럼에도 이런 곳으로 자신을 밀어 넣었다고 생각하니 울컥하는 게 올라왔다.

건물은 모두 삼 층으로 이루어져 있었다.

일층에는 식당과 기사, 병사들의 숙소로 보였고, 이삼 층은 광부들의 숙소였다.

레인이 그걸 구별할 수 있었던 건 창문 안으로 보이는 방 안의 모습 때문이었다.

병사들에 이끌려 레인이 도착한 곳은 삼층의 어떤 방이었다.

레인은 방 주인을 보고 깜짝 놀랐다.

'웬 돼지 한 마리가 의자에 앉아 사람 흉내를 내고 있는 건지 모르겠군.'

레인의 평가대로였다.

소파에서 막 일어나고 있는 상대는 웃옷을 벗고 있었는데, 처진 가슴살과 두툼한 뱃살이 십 인분은 너끈히 나올 것 같았다.

"새로 온 노예입니까?"

"용병 같으니 조금 거칠지도 모른다."

블렌드가 말하자 돼지는 씨익 웃으며 일어났다. 그리고 혓바닥으로 입술을 핥더니 레인을 쳐다봤다.

"그래 봐야 열흘입니다."

"하여간 알아서 처리하도록. 그리고 잡음이 생기지 않게 확실히 관리하고."

"예. 들어가십시오."

블렌드는 자신에게 고개를 숙인 돼지를 불결한 눈빛으로 쳐다보고는 몸을 돌렸다.

돼지는 다시 커다란 소파에 몸을 묻었는데, 마치 소파와 몸이 하나인 것처럼 정확히 맞물렸다.

그는 눈치를 보는 듯 몇 번이고 문밖으로 시선을 던진 뒤에야 입을 열었다.

"내 이름은 리블. 이 막사를 관리하지. 궁금한 게 있으면 물어보도록."

자신을 리블이라고 밝힌 돼지는 여유가 있어 보였다.

레인은 눈앞의 돼지를 두들겨 다진 고기로 만든 다음 질문을 해볼까 하는 고민이 잠시 들었다.

"대체 여기는 뭐 하는 곳입니까?"

"정말 아무것도 듣지 못한 모양이군. 이거 귀찮게 됐어."

리블은 손가락을 까딱거려 창밖을 가리켰다.

창문 너머로 커다란 구멍이 보였고, 수십 명의 사람이 힘겹게 광석을 나르고 있었다.

"여긴 광산이지. 뭐, 자세한 건 새로운 친구들에게 들을 수 있겠지만 간단히 말하면 숨은 광산이라고 할까?"

"숨은… 광산?"

리블은 고개를 끄덕였다.

"원래대로라면 페우라 광산의 옆쪽이라고 해야 하나, 아니면 그 아래라고 해야 하나? 어쨌든 여기는 광산의 더 아랫부분이지."

레인은 대충 짐작할 수 있었다.

데비슨 자작이 관리하는, 정확히 말하면 테일론 황실 직속의 광산은 행정부에서 나온 관리가 생산량을 확인한다.

만약 관리가 적은 장부와 실제 분량이 차이가 날 경우 황실에선 조사관을 파견하는 것이다.

물론 데비슨 자작이 마음만 먹으면 관리를 매수할 수는 있지만 그건 위험부담이 너무 큰 일이었다. 만약 관리가 고발이라도 한다면 황실에 대한 반역이 되기 때문이었다.

'그래서 숨은 광산이란 말이군. 가만, 그래서 생산량이 점점 줄어드는 건가?'

가능성은 있었지만 확신할 수는 없었다. 무엇보다 이쪽 광산에 대해 아는 게 없었던 것이다.

"뭐, 어차피 알게 될 테니 굳이 감출 건 아니고, 그것 말고 궁금한 건 없나?"

"물어보면 대답해 줄 생각은 있습니까?"

레인의 차가운 대꾸에도 리블은 피식 웃을 뿐이었다. 마치 너 같은 놈은 수십, 수백 명도 넘게 봤다는 듯이 말이다.

"하긴 억울하기도 하겠지. 술 먹고 자고 일어나 보니 전혀 모르는 장소인데다 앞으로 평생 노예로 살아야 하니까."

"과연 그럴까요?"

리블은 레인의 날카로운 눈빛을 쳐다봤다.

"나는 너처럼 독기가 있는 녀석을 좋아하지. 그런 놈일수록 생존 의지가 강하고 더욱 열심히 일하거든. 그리고… 오래 살아남지."

리블은 그렇게 말한 뒤 손가락을 튕겼다.

"대답은 끝났다. 이제 내 이야기를 하지. 똑똑히 새겨듣는 게 좋을 거야."

레인은 일부러 굳은 표정을 지으며 고개를 끄덕였다.

"여기선 내가 왕이다. 내 말을 거역하지 않는 게 좋을 거야. 그만 나가보도록."

리블의 말이 끝나자 병사들이 들어왔다.

레인은 병사들의 손에 이끌려 나가면서도 뭔가 이상하다는 생각에 고민에 빠졌다.

하루하루가 지나는 건 금방이었다.

이른 새벽, 병사들이 문을 두드리면 남들과 같이 기상을 했다. 그리고 딱딱한 빵 한 조각과 멀건 수프로 입을 채운 뒤 가볍게 운동장을 돌았다.

리블이 나서서 오늘의 일에 대해 이야기하면 병사들은 작업에 따라 사람들을 분류했다.

물론 대부분의 일이 광석을 캐는 것이기에 특별한 일은 거의 없다고 봐도 좋았다.

툭, 투툭.

새벽부터 잔뜩 낀 먹구름이 빗방울을 토해내기 시작했다.

잠시 후면 제대로 쏟아질 것 같은 기분이었다.

"나를 따라오게."

허리가 약간 구부정한 노인이 레인에게 말했다.

"6조군요."

레인은 그렇게 대꾸하며 노인의 뒤를 따랐다.

광산의 굴은 모두 열다섯 개, 그중에 6조가 맡은 건 당연하게도 여섯 번째 굴이었다.

한 조는 모두 열 명이었는데 실제로는 여섯 명에 불과했다.

굴이 길어지면서 네 명은 중간 중간에 자리를 잡아 광석을 나르는 일만 했기 때문이다.

여섯 명 중 두 사람은 곡괭이로 광석을 캐고, 두 사람은 버팀목을 만들었고, 두 사람은 광석을 쓸어 담았다.

오늘 레인이 맡은 일은 이거였다.

"나흘 만에 곡괭이라니 많이 진급했군요."

"힘쓸 사람이 줄어들고 있으니까."

노인은 약간은 씁쓸한 표정으로 대꾸했다.

사실 광산은 차근차근 파내려 가면 의외로 안전했다. 하지만 최근 생산량을 늘렸기에 무리를 해야 했고, 며칠에 한 번씩 사고가 발생하는 상황이었다.

레인은 노인을 따라 여섯 번째 굴로 들어갔다.

왠지 으스스한 것이 쉽게 적응되지 않았다. 거기다 천장에 물기가 스며들었는지 물방울이 떨어졌는데 그 소리는 의외로 요란했다.

노인은 천장과 바닥을 살핀 뒤 약간은 느릿한 목소리로 말했다.

"왠지 불길하군."

레인도 고개를 끄덕여 주었다.

이틀 전, 비가 모질게 쏟아지는 날이었다. 굴 하나가 무너지며 세 사람이 빠져나오지 못했고, 아직 시체조차 찾지 못했다.

'조심해야겠어.'

레인이 이런저런 생각을 하며 뒤따르는데 노인이 말했다.

"발밑을 조심하게. 생각보다 미끄러우니까."

"아, 예."

노인은 익숙한 듯 물이 고인 부분을 피해 안으로 들어갔다.

다른 6조원들은 이미 준비를 마친 듯했다.

"이 친구의 지시에 따라 정해진 곳을 파면 되네."

지시를 받은 레인은 약간 마른 체구의 중년인이 하는 행동을 조심스럽게 관찰했다.

'이거 의외로 버겁겠군.'

곡괭이질은 어렵다. 하지만 쉽기도 하다.

단순히 땅을 파는 거라면 곡괭이를 위로 높이 드는 것만으로 충분했다. 곡괭이 날의 무게가 있기에 손으로 방향을 잡기만 해도 푹푹 파이는 것이다.

하지만 광산 안에서는 달랐다.

성인이 서서 손을 들면 천장이 닿을 정도로 낮았다.

더 크고 높게 파게 되면 무너질 가능성이 컸고, 버팀목도 많이 필요한 것이다.

때문에 레인은 오른손으로 곡괭이 날 아래를 잡고 왼손으로 아래쪽을 잡은 채 허리와 어깨의 힘만으로 벽을 후려쳐야 했다.

캉, 캉, 캉.

노인은 조심스럽게 레인을 관찰했다.

'로크파라고 했나?'

레인이 변신한 모습은 언뜻 서른 중반 정도로 보였다. 전직 용병이라 말했지만 의외로 여러 가지 일에 능숙했고 잘 단련된 육체를 가지고 있었다.

레인의 능숙한 솜씨에 노인은 의심의 눈빛을 지우지 못했다.

부스스스.

갑자기 머리 위에서 돌 부스러기가 떨어졌다.

노인은 심상치 않은 표정을 지으며 말했다.

"잠깐 쉬지. 그리고 너희 둘은 버팀목을 다시 확인해 봐."

노인의 말에 커다란 덩치 둘이 움직였다. 아마 바깥에서부터 안쪽으로 오며 확인하려는 모양이었다.

잠시 후, 두 사람이 돌아왔다.

"별 이상은 없는 것 같은데요."

"그래? 그럼 잠시 쉬도록."

레인은 바닥에 앉아 쉬면서 자신의 조원들을 살펴봤다.

노인의 이름은 타린, 6조 조장이자 광산 노예들의 존경을 받고 있는 어른이었다.

'뭔가 비밀이 있단 말이지.'

레인은 며칠 동안 일을 하면서 타린의 영향력을 확인했다.

그건 단순히 나이가 많거나 지혜롭다고 해서 받을 수 있는 종류의 것이 아니었다.

광산 노예들 사이에서도 보이지 않는 또 하나의 세력이 있다는 증거에 가까운 것이다.

레인은 슬쩍 뒤쪽을 쳐다봤다.

기억하기로 왼쪽의 덩치 큰 바보 녀석이 조른, 그 옆에 날렵한 몸에 찢어진 눈이 파이븐이었다. 대조적인 모습을 한 둘이었는데 웃긴 건 형제라는 사실이었다.

오른쪽에는 마흔 중반이 넘는, 아니, 그렇게 보이는 병약한 보슨과 나름 건장한 체격의 란드가 있었다.

조른과 란드는 체격과 힘이 있다 보니 버팀목을 세우는 일을 하는데, 멍청한 조른이 종종 실수하면 란드가 구박하기도 했다.

레인은 틈틈이 그들에게 이런저런 이야기를 꺼냈다. 하지만 그들은 타린의 눈치만 볼 뿐 결코 어떤 말도 하지 않았다. 마치 레인이 눈앞에 있음에도 없는 사람처럼 말이다.

"다시 일을 시작하지."

타린의 말에 휴식이 끝났다.

레인이 다시 곡괭이를 잡고 벽을 때리기 시작했다.

"어어?"

갑작스러운 소리가 들리자 레인은 고개를 돌렸다.

막내인 조른이 버팀목으로 쓸 나무를 든 채로 몸을 휘청거리고 있었다.

"조심해. 바닥이 미끄러워."

란드의 말보다 조른이 넘어지는 게 빨랐다.

동시에 들고 있던 나무가 버팀목을 향해 휘둘러졌다.

쿠웅!

요란한 소리가 울리자 다들 입을 다물었다.

부스스스.

천장에서 돌 부스러기가 머리 위로 떨어졌다.

다들 불안한 표정으로 움직임을 멈추고 잠시 상황을 지켜봤다.

물방울이 몇 개 떨어질 뿐 그 이상의 변화는 없었다.

"휴우, 다행이군."

타린의 말에 다들 안도의 한숨을 내쉬었다.

버팀목이 부러진다고 당장 굴이 무너지는 건 아니었다. 하지만 빠른 속도로 굴을 파고 있었기에 약간의 진동도 위험한 건 사실이었다.

그때 란드가 버럭 화를 내며 조른을 향해 소리쳤다.

"야, 너 때문에……."

뒷말은 들리지 않았다.

쩌적.

조른이 때린 버팀목에 금이 생겼다.

아마도 충격에 약간 비틀렸고, 위에서 누르는 하중을 이기지 못한 모양이었다.

레인이 다급히 몸을 움직였다.

형태가 쭈욱 늘어난 레인의 두 손이 앞으로 뻗어나갔다.

퍼엉!

조른의 커다란 덩치가 빠른 속도로 뒤로 튕겨났고, 동시에 파이븐도 날아갔다.

우지직.

요란한 소리와 함께 버팀목이 부러지며 그 자리로 돌무더기가 쏟아졌다.

'늦었군.'

레인은 란드의 목덜미를 잡아끌며 안쪽으로 몸을 날렸다.

  쿠르르르릉!

  무너진 천장에서 쏟아진 흙더미가 동굴을 메워 버렸다.

  모든 게 어둠 속에 묻히고 말았다.

CHAPTER 04
그들의 마음을 얻다

"으으윽."
신음 소리가 울렸다.
너무 어두워 눈을 뜨고 있어도 실감을 못하는 상황이었다.
레인은 몇 번이고 눈을 깜빡거리더니 천천히 주위를 살폈다.
의외로 몸을 가눌 수 있을 정도로 공간은 작지 않았다.
'휩쓸려 내려온 건가?'
레인은 다른 사람들을 찾았다.
다행히 한쪽에 꿈틀거리는 검은 덩어리가 보였고, 마침 그쪽에서도 레인의 움직임을 느낀 것 같았다.

"로크파? 살아… 있나?"

타린은 힘겹게 레인의 가명을 불렀다.

"아아, 헬레이드가 저를 싫어하나 봅니다."

레인은 어둠의 신에게 진심으로 감사했다. 오랫동안 싫어해 달라고 말이다.

가까이 다가간 레인은 뭔가 비릿한 냄새를 맡았다.

"괜찮으십니까?"

"아, 난 괜찮네. 그런데 보슨과 란드가……."

레인은 눈을 찡그리며 좀 더 집중했다.

란드의 하체는 무너진 바위더미에 깔려 있었다. 상체가 꿈틀거리는 걸 보니 다행히 아직 죽지 않은 것 같았다.

그 옆에는 완전히 파묻혔는지 보슨의 거친 손만이 빠져나와 있었다.

레인은 안타까움을 느꼈다.

"제가 살펴보겠습니다."

레인은 타린을 옆으로 물러서게 하고 바위를 잡았다. 약간 힘을 줘봤지만 꿈쩍도 하지 않았다.

'이거 제대로 힘을 써야 할 것 같은데.'

레인은 잠시 망설였다.

여기서 실력을 보이면 타린이 의심할 게 분명했다. 그렇다고 살릴 수 있는 사람을 모른 척하는 건 왠지 자신과 맞지 않았다.

결심한 듯 레인이 말했다.

"제가 바위를 들겠습니다. 그 사이 란드를 끌어내 주십시오."

"가능… 하겠나?"

"일단은 해보는 거죠."

레인은 그렇게 말하며 씨익 웃었다.

곧 레인의 손이 바위를 잡자 타린은 란드의 겨드랑이 사이로 두 팔을 밀어 넣었다.

"셋에 갑니다. 하나, 둘, 셋."

레인의 팔뚝에 있는 근육이 부풀기 시작했다.

드드드득.

뭔가 마찰되는 소리가 울리더니 틈이 벌어졌다.

타린은 믿기지 않는다는 표정을 지었다.

"서둘러요!"

"아! 그, 그래."

타린은 당황해하다 급히 두 다리에 힘을 주고 바닥을 밀어냈다. 노인이라 근력은 약했지만 광산 일로 단련된 덕에 사람 하나 끌어내는 정도는 어렵지 않았다.

란드의 다리가 완전히 빠져나오자 레인은 손을 놓았다.

그들의 마음을 얻다

꾸르릉.

다시 약간의 돌덩이리가 밀려들어 왔고, 레인은 다급히 뒤로 물러났다.

"대단하군."

타린은 진심으로 감탄하며 말했지만 레인은 그저 고개만 끄덕였다.

레인은 신음을 흘리는 란드를 살폈다.

바위에 깔린 충격 때문인지 종아리와 허벅지가 퍼렇게 물들어 있었다. 손으로 살짝 만져 보니 적어도 서너 군데 이상은 뼈가 부러진 것 같았다.

레인은 타린이 눈치 못 채게 치료를 시작했다.

우선 란드의 피부를 가르자 검은 피가 나왔다. 레인은 그 주위를 손가락으로 압박했고 잠시 후 피가 멎었다.

레인은 부러진 뼈들을 원래 자리에 맞춘 뒤에야 자리에서 일어섰다.

"상태는 어떤가?"

"운이 좋은 편이군요. 뼈는 부러졌지만 혈관은 무사한 것 같습니다. 하지만 이대로 놔두면 확실히 죽습니다."

"치료할 방법은……."

타린은 묻다 말고 입을 다물었다.

레인은 불안해하는 타린을 안심시키기 위해 말했다.

"확실하진 않지만 몇 시간 정도는 버틸 수 있을 겁니다. 그리고 파이븐과 조른이 살아 나갔으니 곧 구조하러 올 겁니다."

타린의 얼굴이 더욱 어둡게 변했다.

"아마… 우릴 구조하러 오진 않을 걸세."

"예? 그게 무슨……?"

"우린 광산 노예일세. 그들에게 있어 별 가치가 없지."

레인은 와락 인상을 찌푸렸지만 타린의 말이 맞았다.

무너진 굴을 파헤치고 사람을 구하는 건 쉬운 일이 아니었다. 안 그래도 생산량이 적어 재촉하는 상황에서 사람들을 뺄 리가 없는 것이다.

"그렇다고 이대로 있을 수는 없지 않습니까?"

레인이 란드를 쳐다보자 타린은 한숨을 내쉬었다.

"휴우, 운이 좋다면 구조하러 올 수 있겠지. 하지만 저들은 그렇게 하지 않을 거야."

그때 란드의 신음 소리가 울렸다.

"란드, 괜찮나?"

타린의 목소리를 알아들었는지 란드가 힘겹게 고개를 끄덕였다.

레인은 잠시 망설였다.

혼자라면 빠져나가는 건 어렵지 않았다. 하지만 두 사람을 데리고서는 불가능했다.

"운이 없다고 해야 하나? 하필 폐광이 밑에 있었으니. 아니, 아니지."

"폐광이라뇨?"

레인은 무리하게 생산량을 늘리는 바람에 꼼꼼하게 작업하지 못한데다가 조른이 버팀목을 때리는 바람에 무너졌다고 짐작하고 있었다.

"하긴 모를 수도 있겠군. 어차피 따로 할 일이 없으니 설명해 주는 것도 괜찮겠지."

타린의 목소리는 체념에 가까웠다.

"자네는 아마 데비슨 자작이 몰래 운영하는 광산이 우리뿐이라고 알고 있겠지. 하지만 아니야. 광산은 모두 다섯 개라네."

"이런 곳이 다섯 곳이나 된단 말입니까?"

레인은 깜짝 놀랐다.

지금 자신이 있는 곳만 해도 무려 이백 명에 가까운 숫자였다. 타린의 말대로라면 적어도 광산 노예는 천 명 이상 되는 것이다.

그걸 테일론 황실이 모르게 운용하고 있다는 게 솔직히 믿겨지지 않았다.

"폐우라 광산은 넓다네. 우리가 있는 곳은 하늘을 날아서 조사하지 않는 한, 그리고 직접 와보지 않으면 알 수 없을 정도로 깊은 계곡이야."

"그 정도… 인가요?"

"확실하진 않지만 이 광산만 넘으면 이웃 영지에 들어갈지도 모른다고 하더군."

페우라 산이 있는 산맥은 'ㄷ' 자 형태였다. 그 입구에 광산도시가 있었고, 거기서도 더욱 안으로 들어가야 광산이 나온다.

여기가 거기서도 한참을 더 들어가는 깊은 곳이라면 어지간해서는 발견될 가능성이 적었다.

"여긴 다른 광산에서 뚫다가 막아놓은 곳 같아. 어쩌면 우리처럼 무너져서 포기한 것일 수도 있고."

어느 쪽이든 결과는 좋지 않았다.

레인은 이왕 이렇게 된 거, 가능한 만큼 대화를 나눠보기로 했고, 타린은 순순히 협조를 했다.

의외로 쓸 만한 정보는 거의 없었다.

"그런데 자네는 어떤 사람인가?"

갑자기 타린이 묻자 레인은 어깨를 으쓱거렸다.

"평범한… 전직 용병입니다."

"속일 생각 하지 말게. 일개 용병이 저 바위를 들 수 있다고는 믿기 힘들지. 그리고 란드를 치료한 솜씨는 보통이 아니었어. 거기다……."

　오랜 세월을 살아온 경험 때문인지는 몰라도 이어진 타린의 지적은 예리했다.

　레인은 정면으로 타린을 쳐다봤다.

　타린의 눈빛은 이 어둠 속에서도 안정되어 있었다.

　"그냥 그렇게만 알고 계십시오. 그리고 전 여기에 오래 있을 생각이 없습니다."

　"데비슨 자작이 보내서 왔나?"

　"그럴 리가요."

　레인은 어이없어하며 웃었다. 하지만 타린은 여전히 레인의 얼굴을 쳐다보고 있었다.

　"정말 아닙니다."

　"그렇군."

　타린은 짧게 답하고는 입을 다물어 버렸다.

　레인은 침묵을 지키고 있는 타린에게 말을 걸지 못했다.

　그것보다 지금 어떻게 해야, 아니, 앞으로 어떻게 해야 할지를 결정해야 했다.

　곧 타린이 물었다.

　"자네 혼자라면 여길 빠져나갈 수 있겠나? 그렇다면 도와주게."

　절박함이 깃든 그의 표정을 보며 레인이 말했다.

"구조대를 불러다 드리지요."
레인의 손이 타린의 수혈을 짚었다.

"조심조심 움직여."
커다란 덩치의 사내가 사람들을 지휘하고 있었는데, 좁은 공간인만큼 많은 사람들이 자리 잡을 수 없어서 거의 이 열에 가깝게 늘어진 상태로 작업을 하고 있었다.
그 한쪽에 눈물 자국이 말라붙은 채로 두 손으로 정신없이 바닥을 파헤치는 조른이 있었다.
일단 무너진 곳을 다시 파는 건 조심해야 했다. 다시 무너질 수도 있고, 도리어 구조하고자 하는 사람에게 피해가 가는 경우도 있었다.
"죄송합니다, 죄송합니다."
조른은 뭔가에 홀린 것처럼 중얼거리며 바닥을 팠다.
굳은살이 박인 두꺼운 손끝이 갈라지고 쓰라릴 정도였지만 누구도 그런 조른을 진정시키지 못했다.
그때였다.
조른이 파낸 덩어리 사이로 시커먼 뭔가가 솟아올랐다.
"흐아악!"
깜짝 놀란 조른이 그 자리에 주저앉고 말았다.
사람들은 조른의 비명을 듣고 고개를 돌렸다.

그들의 시선 끝에 시커먼 사람의 손이 보였다.

그 손은 꿈틀거리고 있었으며, 천천히 아래로 움직였다. 마치 바닥을 짚는 듯 말이다.

곧 레인의 머리가 솟아올랐다.

"푸하! 죽는 줄 알았네."

조른의 눈이 커졌고, 벌어진 입에서 목소리가 나왔다.

"로크파?"

"어이, 조른. 굿모닝?"

레인이 익살스럽게 웃으며 손가락을 흔들자 뒤쪽에 있던 커다란 덩치가 다가왔다.

"멍청아, 굿나잇이다."

레인은 목소리가 들린 방향을 향해 고개를 돌렸다.

광산 노예들 중에서 가장 큰 덩치를 가진, 파이론이라는 남방식 이름을 가진 자였다.

파이론은 광산 노예들을 은연중에 이끌고 있는 라프칸의 오른팔이라고 할 수 있었는데, 레인 자신과는 대화조차 나눈 적이 없었다.

그럼에도 그의 말투는 가까운 사람을 대하는 것 같았다.

레인의 생각은 더 이어지지 않았다.

"타린 할아버지하고 란드 형님."

"아! 아직 무사해. 보슨은 빼고."

레인의 말에 굴 안의 사람들은 안도의 한숨을 내쉬었다. 하지만 몇몇은 보슨과 친분이 있는 듯 아쉬워하기도 했다.

그때 파이론이 말했다.

"이럴 때가 아니다. 다들 서둘러 움직이도록."

그제야 상황을 파악했는지 사람들은 또다시 분주하게 움직이기 시작했다.

레인이 완전하게 바닥에서 몸을 빼낸 뒤 파이론에게 아래쪽의 상황을 설명했다.

타린에게 들었던 대로 아래쪽의 폐광, 그 공간에 있다고 말이다.

고개를 끄덕인 파이론이 말했다.

"상황은 파이븐과 조른에게 들어서 알고 있다. 일단 들어가서 푹 쉬도록."

레인은 고개를 끄덕인 뒤 밖으로 향했다.

마음 같아서는 타린과 란드가 구출되는 모습을 보고 싶었지만 지금은 휴식이 필요한 상황이었다.

레인은 타린에게 수혈을 짚어 재운 뒤 두 사람이 버틸 수 있도록 몇 가지 마법을 사용했다. 그리고 지둔공의 일종이며 내공 소모가 큰 토룡진공을 써서 힘이 없었다.

토룡, 즉 지렁이가 흙을 먹어 토해내는 것처럼 토룡진공으로 지나간 굴은 흙이 부드러워진다. 앞쪽에 있는 단단한 흙과 바위를 손으로 으스러뜨려 가루로 만들고 그 틈새로 움직이기 때문이었다.

레인이 토룡진공을 사용한 이유는 따로 있었다.

사실 혼자 빠져나오는 건 어렵지 않았지만 타린과 란드를 구해야 했다. 특히 타린은 자신이 알고 싶어하는 것들을 감추고 있었다.

몇 가지 마법을 걸어주었다고는 하지만 노인과 부상자의 체력으로 언제까지 버틴다고는 자신할 수 없었다.

'이젠 좀 쉽게 파내려가겠지.'

예상하기로 이 정도 숫자의 사람들이 있다면 세 시간 정도면 충분할 것 같았다.

밖으로 나온 레인은 라프칸을 볼 수 있었다.

탄탄한 체구에 짙은 밤색의 구레나룻과 수염이 인상적인 남자였다. 그리고 그는 리블과 광산 노예들 사이를 원활하게 하는 일을 하고 있었다.

그의 좌우에는 7조 조장 무크란과 8조 조장 보커가 서 있었는데, 라프칸의 호위를 자처하고 있었다.

한마디로 라프칸이 광산 노예들의 수장임을 드러내는 모습이었다.

그런 라프칸은 평소와 다르게 초조한 모습이었다.

파이론이 다가와 귓속말을 하자 곧 라프칸은 한숨을 내쉬었다.

'확실히 뭔가 있어.'

레인은 좀 더 관찰할까 싶었지만 주위의 시선이 부담스러워 서둘러 숙소로 돌아갔다.

잠깐 눈을 붙인 것 같은데 어느새 아침이었다.

레인은 침대에서 눈을 뜨자마자 주위를 둘러봤다.

밤새 움직여서 많이 피곤했는지 사람들 중 일부는 코를 골고 있었고, 간간이 신음을 흘리기도 했다.

레인은 기지개를 켜고 창밖으로 시선을 돌렸다.

뎅뎅뎅뎅.

기상 종소리가 울리고 사람들이 부스스 일어났다.

레인은 그들을 따라 움직였는데, 밖으로 나가보니 뭔가가 심상치 않았다.

블렌드를 비롯한 기사들과 병사들이 인상을 쓴 채 무기를 들고 있었고, 맞은편에 리블과 라프칸, 파이론이 대치하고 있었다.

"왜 일을 쉽게 해달라는 거지?"

블렌드는 당장에라도 검을 뽑을 것처럼 살기등등한 표정이었다.

리블이 고개를 숙인 채 웃으며 말했다.

그들의 마음을 얻다

"6, 7, 8조만, 그것도 오전만 쉬게 했으면 합니다."
"왜 그래야 하지?"
블렌드가 강하게 나오자 리블은 곤란한 표정을 지었다.
6조가 파던 굴은 무너진 상태라 더 이상 광석을 캐기 불가능했고, 7, 8조는 그들을 구출하느라 밤을 새워야 했기에 이대로 일을 시키다간 사고가 날 게 분명했다.
또한 간밤의 사고는 비밀이었다.
아니, 알려질 만큼 알려졌고, 블렌드도 알고 있을 게 분명했지만 적어도 공식적으로는 없는 일로 취급해야 했다.
그런 상황에서 이유도 없이 쉬게 한다는 건 있을 수 없는 일이었다.
'뱀 같은 자식.'
리블은 속으로 블렌드를 욕하면서도 웃는 표정은 바꾸지 않았다.
"그냥 제가 다른 일을 시켰다고 하면 되지 않겠습니까?"
"그러니까 왜 쉬게 해야 하는지 말해봐."
알면서도 묻는 집요함에 짜증이 날 정도였다.
리블은 슬쩍 고개를 돌려 라프칸과 눈을 맞추었다.
라프칸은 고개를 끄덕이며 말했다.
"사고가 있었습니다."
"사고?"

"예. 6조가 파던 굴이 무너졌습니다."

라프칸의 대답에 블렌드의 입 끝이 살짝 올라갔다.

"사고란 말이지? 그럼 원인이 있겠군."

라프칸은 주먹을 불끈 쥐었으나 억지로 화를 눌렀다.

따지고 보면 원인은 기사들에게, 보다 정확히 말하면 생산량을 늘리라고 재촉한 데비슨 자작에게 있었다.

그들의 괴롭힘이 아니었다면 작업은 안전하게 진행되었을 테고, 사고는 없었을 것이니까.

그렇다고 그런 사실을 따져 말할 수는 없었다.

결국 되돌아오는 건 기사들의 학대일 뿐이었으니 말이다.

잠시 침묵하던 라프칸은 사실대로 이야기했다.

"버팀목이 부러지는 바람에 그렇게 됐습니다."

라프칸은 조른의 실수와 타린, 란드가 매몰되어 구조된 일에 대해서는 말하지 않았다.

"단순히 그것뿐인가?"

"그렇습니다."

라프칸이 입을 다물자 블렌드는 리블을 쳐다봤다.

"좋아, 휴식을 허락하지. 대신 누군가가 책임을 져야 할 텐데 말이야."

선심을 쓰는 척 나온 말에 라프칸과 리블, 파이론은 인상을 찌푸렸다.

그들의 마음을 얻다

'이제야 본심을 드러내는군.'

블렌드는 스스로를 바일즈 기사단장의 오른팔이라고 생각했다. 그 때문에 자신이 광산 노예들과 어울리고 있다는 사실이 못마땅했고, 동시에 화가 나 있었다.

여러 가지 이유가 있겠지만 제일 중요한 건 라프칸의 눈빛이었다. 결코 자신에게 굴하지 않겠다는 태도를 감추지 않고 있는 것이다.

블렌드는 한 번쯤 라프칸의 고집을 꺾어놓아야겠다고 생각하고 있는 참이라 이 기회를 놓치지 않았다.

"그래, 라프칸. 네가 책임지면 되겠군."

"어떻게 말입니까?"

블렌드는 빙긋 웃으며 광장에 모인 사람들이 들을 수 있게끔 소리쳤다.

"네가 채찍을 백 대 맞는다면 휴식을 보장해 주지. 또한 이번 사고에 대해 더 묻지 않겠다."

라프칸은 눈을 질끈 감았다.

말이 좋아 백 대지 보통 사람이라면 스무 대도 버티기 힘들다. 더군다나 블렌드가 직접 휘두른다면 열 번 정도에 목숨을 잃을 가능성이 컸다.

대화를 듣고 있던 레인은 울컥 짜증이 났다.

"그 책임, 제가 지지요."

갑자기 레인이 끼어들자 블렌드가 고개를 돌렸다.

"그때… 그 녀석이군. 로크파라고 했나?"

"예, 그렇습니다."

"그런데 네가 왜 책임을 지겠다는 거지?"

"버팀목을 부러뜨린 건 바로 저니까요."

레인이 어깨를 으쓱거리며 말하자 블렌드의 얼굴이 살짝 일그러졌다.

라프칸의 기를 꺾어놓을 기회인데 난데없이 레인이 끼어들었다. 그렇다고 이제 와서 말을 바꾸기에는 자존심이 용납하지 않았다.

블렌드의 눈빛이 이글거렸다.

"그래, 네놈이 책임지겠다는 말이지."

"예. 제가 잘못했으니 제가 벌을 받겠습니다."

레인의 자신만만한 태도에 블렌드는 리블과 라프칸, 파이론을 돌아봤다.

"좋아, 스스로 책임지겠다고 하니 약속은 지키겠다. 오전에는 푹 쉬도록."

블렌드가 이를 빠드득 갈며 병사들과 함께 물러났다.

라프칸이 레인의 어깨를 잡으며 말했다.

"대체 왜 나선 거지?"

"저 녀석 낯짝이 재수없게 생겨서요."

그들의 마음을 얻다

의외의 대답에 라프칸은 피식 웃음을 터뜨렸다.

"그건 사실이지만… 그렇다고 정말 채찍을 맞을 생각인가?"

"그 정도 체력은 됩니다."

라프칸은 잠시 입을 다문 채 레인의 눈을 쳐다봤다.

레인의 눈빛은 흔들림이 없었고, 어딘가 자신이 있어 보였다.

"두 번이나 신세를 지는군. 고맙다."

라프칸은 그렇게 말한 뒤 리블과 파이론을 데리고 몸을 돌렸다.

레인은 그 세 사람의 뒷모습에서 뭔가가 있음을 확신했다.

휘리릭! 촤악!
공기를 가르는 날카로운 소리에 이어 탄력있는 마찰음이 울렸다.

그 소리는 오후 내내 이어졌지만 단지 그것뿐이었다.

"내 발 앞에 고개를 숙이고 잘못을 빈다면 적당히 하도록 하지."

처음 블렌드는 자신만만한 표정으로 말했고, 레인은 오히려 히죽 웃으며 대꾸했다.

"기사님께선 겨우 백 대 때리는 것도 힘드신 모양입니다?"

"놈. 그 말이 쏙 들어가도록 해주겠다."

블렌드는 채찍을 단단히 잡고 휘두르기 시작했다.

제깟 놈이 용병이었다지만 버티면 얼마나 버티겠는가 하는 생각에서였다.

하지만 그건 오판이었다.

점심을 먹고 일부러 광산 노예들에게 휴식을 하라고 했다. 동시에 그들이 보이는 곳에 레인을 매달고 지금까지 채찍을 휘둘렀다.

본보기를 보이기 위해서였다.

하지만 지금의 상황은 블렌드의 생각과는 반대로 흐르고 있었다.

채찍이 후려친 가슴에서 피가 흐르고 있었고, 몰골은 엉망이었다. 옷도 갈가리 찢겨진데다가 피부가 드러난 곳은 성한 데가 없었다.

그럼에도 레인은 신음 소리 한 번 흘리지 않고, 오히려 미소를 짓고 있었다.

'독한 놈.'

블렌드는 분노한 눈빛으로 레인을 쳐다본 뒤 다시금 채찍을 고쳐 잡았다.

"얼마나 버티나 보자."

또다시 채찍이 휘둘러졌고, 날카로운 소리가 광장을 메아

그들의 마음을 얻다 99

리쳤다.

촤악! 촤악!

피부가 터져 나가며 또다시 피가 뿌려졌다.

광산 노예들은 불안한 표정으로 레인을 쳐다봤다.

기사가 휘두르는 채찍은 그 한 대 한 대가 치명적이어서 보통 사람이라면 벌써 죽어도 이상하지 않을 정도였다.

그게 벌써 수십 차례. 그럼에도 레인은 끝내 블렌드가 원하는 목소리를 내지 않았다.

광산 노예들은 안타까운 표정을 지었고, 일부 여자 노예들은 차마 눈뜨고 볼 수 없다는 듯 손으로 얼굴을 가리고 흐느끼기까지 했다.

"잘못했다고 빌란 말이다!"

블렌드가 버럭 고함을 질렀다.

레인은 씨익 웃으며 그를 쳐다봤다.

"이제 예순두 대가 남았군요."

블렌드는 채찍을 쥔 손이 떨리는 것을 느꼈다.

블렌드의 얼굴이 사정없이 일그러지자 몇몇 광산 노예들은 고소하다는 표정을 지었다.

"감히."

시간이 지나고 채찍질이 이어졌지만 레인의 태도는 바뀌지 않았다. 오히려 두려워하던 광산 노예들의 분위기가 살아

나기 시작했다.

그걸 눈치챈 블렌드가 버럭 소리쳤다.

"노예들을 모두 치워!"

블렌드의 말에 병사들이 달려들더니 노예들을 작업장으로 내몰았다.

그렇게 몇몇을 제외하고 광장이 텅 비자 블렌드는 다시 레인을 노려봤다.

블렌드는 레인을 죽일 생각이 없었다.

물론 노예 한둘 죽인다고 해서 문제가 될 건 없었지만 원하는 건 자신을 두려워하게 하는 것이지 결코 살인이 아니었다.

하지만 지금은 달랐다.

자존심에 상처를 입은 이상 이대로 끝낼 수 없었다.

'죽여 버리겠다.'

블렌드는 작정을 하고 채찍을 고쳐 잡았다.

촤아악! 촤악!

레인은 인상을 찌푸렸지만 끝내 이를 악물었다.

'이거… 제법 아프군. 역시 기사란 말인가?'

레인은 블렌드를 보며 미소를 지었다.

사실 레인에게 이 정도 통증은 별것 아니었다.

어릴 때부터 겪어온 수련을 생각하면 오히려 장난처럼 느껴질 정도였다.

레인은 신체의 미세한 말단 부분까지 세밀하게 조정이 가능한 경지에 이르렀고, 재구성을 통해 어지간한 충격은 흩어 버릴 수 있는 육체를 가졌던 것이다.

그럼에도 살갗이 터지고 피가 흐르는 건 일부러 그렇게 되라고 내버려 둔 탓이었다.

촤아악!

또다시 가슴에서 피가 뿌려졌다.

'제길. 때린 데 또 때리다니.'

레인은 온갖 잡생각을 할 수 있을 정도로 여유로웠다.

블렌드의 반복되는 채찍질이 오히려 귀찮게 느껴질 정도가 된 것이다.

'그런데 난 대체 여기서 뭐 하고 있는 거지?'

레인은 속으로 한숨을 내쉬었다.

솔직히 말해 자신의 성격은 그리 좋다고 할 수 없었다.

아버지 칸첼과 어머니 세이렌의 영향 탓인지 어지간하면 화를 안 내는 편이지만 욱하면 눈에 뵈는 게 없었다.

지금도 마찬가지였다.

왜 자신이 맞고 있어야 하는가?

그냥 로열가드들을 소환해서 쓸어버리고, 데비슨 자작이 불법으로 광산을 캐고 있다는 것만 황실에 알려도 끝날 문제였다.

아니, 그럴 필요 없이 스스로의 힘만으로도 여길 뒤집어 버릴 수 있었다.

'제길. 트라시온의 부탁만 아니라면……'

레인은 눈을 질끈 감았다.

자신의 임무는 조사였다. 그리고 트라시온이 여기로 보낸 이유는 분명히 있을 것이다.

레인은 갑작스러운 통증에 눈을 떴다.

블렌드가 자신을 죽일 듯 노려보며 채찍을 휘두르고 있었다.

'빌어먹을.'

레인은 인상을 찌푸리며 블렌드를 처다봤다.

자신을 벌레 보듯 하는 그의 눈빛에는 경멸이 어려 있었다.

그제야 레인은 자신이 왜 이런 상황에 스스로 발을 내밀었는지 깨달았다.

무슨 거창한 뜻이 있어서가 아니었다.

처음에야 잠깐 있고 갈 거라고 생각해 이들의 생활에 깊게 관여하지 않았다. 필요한 정보만 얻는다면 무력으로 여길 빠져나가는 건 어렵지 않았으니까.

하지만 사람의 마음이란 그렇게 단순한 게 아니었다.

이들과 어울리다 보니, 아니, 이들을 대하는 기사들과 병사들의 태도와 강압적인 행동을 보니 자신도 모르게 울컥하는

그들의 마음을 얻다

게 치밀어 올랐다.

　기사들과 병사들은 광산 노예들을 사람 취급하지 않았다.

　이런 곳에서 노예들을 지키고 있다는 게 불만이라는 듯 수시로 술을 마시고 행패를 부렸으며, 여자 노예들을 끌고 가 자신들의 욕구를 충족시켰다.

　지금 눈앞의 블렌드만 해도 그랬다.

　기사도 따위는 내팽개친, 기사의 가면을 쓴 악당이나 다름없었다.

　레인은 블렌드와 자신을 지켜보는 기사, 그리고 병사들의 얼굴을 잊지 않겠다는 듯 쳐다봤다.

CHAPTER 05
첩자의 정체

"빌어먹을."

블렌드는 씩씩거리며 채찍을 움켜쥐었다.

채찍을 얼마나 휘둘렀는지 기억할 수 없을 정도이다. 그 대가로 나무에 매달린 저 용병이란 놈은 숨소리조차 내지 못하고 있었다.

그럼에도 왠지 분이 풀리지 않았다.

오히려 자신이 농락당한 기분이랄까?

블렌드는 피투성이가 된 레인을 노려봤다.

기절했는지 채찍질에 반응조차 하지 않았고, 뚝뚝 떨어지는 피로 바닥의 흙이 검게 물든 지 오래였다.

"제길."

블렌드는 짜증을 내며 채찍을 집어 던졌다.

그제야 눈치를 보던 병사들이 슬그머니 다가왔다.

병사들은 레인의 팔과 다리에 묶인 줄을 풀고 바닥에 내려놓은 뒤 상처를 살폈다.

근육이 드러날 정도로 피부가 터진 상태라 손을 대기가 애매했다.

한 병사는 손가락을 레인의 코로 가져가 숨을 쉬는지 확인하더니 곧 고개를 저었다.

"죽은 것… 같은데요."

병사의 말에 블렌드가 소리쳤다.

"치워 버려!"

블렌드는 그 말을 끝으로 몸을 돌려 숙소로 향했다.

"술이나 한잔해야겠군."

블렌드의 목소리에 병사들은 인상을 찌푸렸지만 곧 레인을 버리기 위해 움직였다.

그때였다.

"쿨럭!"

레인의 입에서 피가 뿜어지며 기침이 이어졌다.

병사들은 깜짝 놀라며 레인을 쳐다봤다.

입가로 피를 흘리고 있었지만 확실히 숨을 쉬고 있었고, 조금씩 움직이는 걸 보니 죽은 건 아니었다.
"운이 좋군."
"아직 살아 있으니 일단 침대에 눕혀놓자고."
병사들은 레인의 몸을 들고 숙소로 움직였다.

침대에 누운 레인은 슬며시 눈을 떴다.
병사들은 더러운 걸 만졌다는 게 불쾌한 듯 오만상을 찌푸리고 밖으로 나갔다.
'아무도 없지?'
레인은 주위를 확인하자마자 안도의 한숨을 내쉬었다.
블렌드의 채찍질에 일일이 반응하는 게 귀찮아 일부러 가사상태에 빠져들었다. 모르는 이들이 봤다면 기절했다고 보이게끔 말이다.
다행히 그 의도는 성공했다.
'대충 육, 칠십 대 정도 맞은 것 같은데.'
살짝 인상을 찌푸린 레인은 우선 몸을 치료하기로 했다.
호흡에 집중하자 지금껏 몸속 깊숙한 곳에 숨겨놨던 기운들이 단전을 향해 몰려들었다. 그리고 순식간에 혈맥을 따라 움직이면서 터진 상처들을 치료하기 시작했다.
벌어졌던 상처들이 서서히 아물었고, 조금씩 흐르던 피가 완전히 멎어버렸다.

레인은 해가 지고 광산 노예들이 돌아올 시간이 될 때까지 운기를 계속했다.

"후우우!"

마지막으로 탁기를 머금고 있는 호흡을 내뱉자 상쾌함이 밀려들었다.

레인은 상처 부위를 쳐다봤다. 말라붙은 피가 가려주고 있었지만 눈이 예리한 사람이 본다면 깜짝 놀랄 정도로 말끔해진 상황이었다.

레인은 대충 옷을 걸쳐 몸을 가렸다. 그런 다음 이불을 가슴까지 끌어올리고 깊은 잠에 빠진 척했다.

'일단은 다행이라고 해야겠군.'

채찍에 맞다 보니 울컥하는 게 있었다. 몸을 묶은 줄을 풀어버리고 블렌드의 목을 단숨에 꺾어버릴까 하는 생각까지 들 정도였다.

그럼에도 레인은 꿋꿋이 참았다.

자신이 난리를 친다고 바뀌는 건 없었고, 오히려 일을 망칠 가능성이 컸다.

무엇보다 트라시온이 자신을 여기에 보낸 이유가 있을 것 같았다.

솔직히 말하면 이전까지는 불만과 짜증뿐이었다.

하지만 이제는 확신할 수 있었다.

광산도시 페우라에 들어와서 겪은 일과 타린과의 대화, 그리고 심상치 않은 분위기에서 뭔가 일이 벌어질 조짐이 느껴진 것이다.

딱히 뭐라고 손꼽을 수는 없지만 자신의 감각은 분명 그걸 경고하고 있었다.

시간이 지나 광산 노예들이 숙소로 돌아왔다.

그들은 죽은 듯 자고 있는 레인을 보더니 치료해 줄 수 없다는 걸 안타까워했다.

시간이 좀 더 지나 밤이 되자 파이론이 다가왔다.

레인은 그의 기척을 느꼈지만 모르는 척했다.

파이론은 다른 사람들이 듣지 못하게 레인의 귓가에 대고 속삭였다.

"깨어 있다는 걸 알고 있다. 조용히 일어나."

"어떻게 아신 거죠?"

레인의 질문에 대답 대신 돌아온 건 미소였다.

곧 둘은 다른 사람들의 눈을 피해 조심스럽게 밖으로 움직였다.

두 사람이 걸음을 멈춘 건 2조가 파는 광산 안에서였다.

"여기서부터는 편하게 걸어도 돼."

레인은 고개를 끄덕이며 파이론을 쳐다봤다.

"어디로 가는 겁니까?"

"깊은 곳. 그리고 네가 알아야 할 장소다."

레인은 몇 마디 더 물으려다가 입을 다물었다.

우선은 파이론이 남 같지가 않았다. 왜인지 그에게서 배려심이 느껴졌고, 만약 자신이 알아야 할 일이라면 미리 말해줄 것 같았다.

하지만 동시에 알 수 없는 거리감이 느껴지기도 했다.

파이론은 한참을 안으로 들어가고 나서야 동굴 벽을 손으로 짚었다.

통통, 통통, 통통통통.

파이론은 주먹을 쥔 손으로 벽을 두드리며 신호를 보냈다.

'어딘가 익숙한걸.'

레인의 호기심은 오래가지 않았다. 놀랍게도 벽이 열리기 시작하며 새로운 통로가 나타난 것이다.

"이제부터는 돌이킬 수 없다. 알겠나?"

레인은 고개를 끄덕였다. 그리고 파이론을 따라 어두운 공간으로 몸을 던졌다.

'정말 믿을 수 없군.'

레인은 안내자를 따라 동굴 깊숙이 움직였다.

표면이 번들거리고 흙이 묻어나지 않는 걸 보고 이 굴을 판지 오래되었음을 짐작할 수 있었다.

얼마나 더 걸었을까?

대충 속으로 천은 넘게 센 것 같았다.

"많이 깊군요."

"그래야 저들이 모를 테니까."

파이론의 짧은 대꾸에 레인은 고개를 끄덕였다.

기사들과 병사들이 광산 노예들을 대하는 태도만 보면 저들이 광산 안으로 들어올 일은 없었다. 하지만 만에 하나의 가능성을 생각한다면 조심하는 것도 나쁘지는 않았다.

잠시 후 동굴의 끝이 보였다.

그 안으로 들어간 레인은 깜짝 놀랐다.

커다란 원탁을 중심으로, 라프칸 외에 열 사람 정도가 자리를 차지하고 있었다.

중요한 건 대부분 자신이 모르는 얼굴이라는 점이었다.

라프칸이 자리에서 일어났다.

"일단 소개를 하지."

라프칸이 한 사람 한 사람을 가리키자 그들이 자기소개를 했다.

"제2광산 대표 파론이라고 하네."

"제4광산 대표 빌헬린이라고 하지."

레인은 그들의 인사를 받으면서도 지금의 상황을 이해하

지 못했다.

곧 라프칸이 말했다.

"우리가 있는 곳이 바로 3광산이지."

그제야 레인은 타린의 말을 떠올렸다. 자신들과 같은 곳이 다섯 군데나 있다는 걸 말이다.

"그럼?"

레인은 방 안에 여러 개의 입구가 있다는 걸 확인했다.

아마도 저 동굴 하나하나가 다른 광산과 연결되어 있음이 틀림없었다.

'믿을 수 없군.'

레인의 생각을 읽었는지 라프칸이 설명했다.

광산도시 페우라 그 안쪽에는 황실에서 관리하는 광산이 있다.

더 깊숙한 곳으로 들어가면 데비슨 자작이 몰래 운영하는 광산이 다섯 곳이 있는데, 이들이 바로 그들의 대표라는 것이다.

"우리는 오래전부터 여길 탈출하기로 뜻을 모았다."

라프칸의 말을 받은 건 파이론이었다.

"그리고 이틀 뒤가 결행 일이지."

"이틀… 뒤요?"

라프칸과 광산 대표들이 고개를 끄덕였다. 설명이 이어

졌다.

원래 노예들이 채굴하는 광산은 열흘 단위로 광석을 운반하기 위해 외부에서 마차가 온다.

광석이 상단의 손을 통해 광산도시를 나가면 곧 막대한 돈이 들어오고, 데비슨 자작은 휘하의 기사들과 병사들에게 적당한 보상금을 주는 것이다.

그동안 수고했으니 즐기라고.

한마디로 마차가 온 뒤에는 파티가 벌어진다는 소리였다.

빠져나갈 수 있는 기사들과 병사들은 광산도시로, 어쩔 수 없이 지키고 있어야 하는 이들은 광산에서 머물며 자신들끼리 즐긴다는 것이다.

"지금까지 파악한 바로 광산에 머무는 건 기사 다섯 명에 병사가 서른 명 정도지."

"아무리 그래도 기사가 다섯이라면 쉽지 않을 텐데요?"

광산 노예의 숫자는 이백 명, 하지만 변변한 무장도 없이 곡괭이를 들고 싸운다면 훈련된 병사들에게 무참히 목숨만 잃을 게 분명했다.

가장 큰 문제는 바로 기사들이었다.

3클래스라는 계급이 말해주듯이 그들과 병사들은 엄청난 차이가 있었다.

기사 한 명이 최소 열에서 스무 명 이상의 병사를 감당할 수 있었으니, 그 상대가 평범한 노예들이라면 단신으로 사오십을 상대할 수 있었다.

"걱정할 필요는 없다. 지금까지는 기사 하나와 병사 절반을 제외하고 다들 술을 마셨으니까."

파이론의 말에 레인은 고개를 끄덕였다.

광산 노예들 중에 실제로 싸울 수 있는 전력은 백 명이 훨씬 넘는다. 어느 정도의 피해를 감수하고 기습한다면 충분히 가능한 일이었다.

"하지만 그 이후는 어떻게 할 겁니까? 데비슨 자작이 가만히 있지 않을 텐데요?"

"물론 기사들과 병사들을 풀어 우리를 잡으려고 하겠지. 여길 벗어난다고 해도 유일한 탈출구는 광산도시뿐이니 거기 성문을 잠근다면 벗어날 수 없을 테니까."

레인의 우려도 바로 그거였다.

하지만 라프칸과 파이론, 그리고 각 광산의 대표들은 자신만만한 미소를 지었다.

"천 명이나 되는 노예들을 잡으려면 데비슨 자작은 자신의 모든 병력을 풀겠지. 삼백 명에 가까운 기사들과 이천 명이 넘는 병사 모두."

"그 정도라면 한 시간도 안 돼서 반란이 끝나겠군요."

레인의 정확한 지적에 라프칸이 고개를 끄덕였다.

"하지만 그렇게 된다면 데비슨 자작의 저택도 무방비 상태가 되겠지. 그리고… 우리는 거길 친다."

"예?"

레인은 깜짝 놀랐다.

"데비슨 자작이 병사를 내보내면 우린 거길 습격해 자작을 잡을 생각이다."

라프칸은 주먹을 불끈 쥐었다.

레인은 라프칸의 이글거리는 눈빛을 보고 짐작했다.

'원한이 있는 모양이군.'

그때 파이론이 레인의 어깨를 두드렸다.

"나를 따라오도록."

라프칸은 다른 광산 대표들에게 양해를 구한 뒤 파이론과 함께 레인을 안내했다.

또 다른 굴을 통해 움직인 레인은 창고로 보이는 막다른 장소에 도착했다.

레인이 한쪽에 쌓인 막대한 돌무더기를 쳐다보자 라프칸이 자랑스러워하며 말했다.

"여기 있는 건 금이 포함된 상급의 광석들이지. 당장은 정제할 수 없지만 액수로 따지면 일만 골드는 넘을 거다."

레인은 깜짝 놀라며 돌덩어리 하나를 집어 들었다. 하지만 눈을 부릅뜨고 살펴도 구별되지 않았다.

"보는 걸로는 알 수 없을 거야."

"정말 놀랍군요. 이 정도 물량이라면 어지간한 마을 정도는 살 수 있을 텐데……."

"이것뿐만이 아니지. 우린 페우라 곳곳의 창고에 비슷한 양을 숨겨놓았네."

레인은 쉽게 믿을 수 없었다.

"우린 십 년 전부터 준비를 했지. 이 광석은 탈출한 뒤에 사용될 것들이야."

라프칸의 말을 받은 건 파이론이었다.

"이번 일은 반드시 성공해야 해. 그러기 위해서는 만일을 대비해야 하지."

뭔가 어감이 이상했다.

레인은 본능적으로 몸을 움직이며 뒤를 돌아봤다.

라프칸이 자연스럽게 입구를 막았고, 그 순간 파이론의 손에서 하얀 스파크가 튀었다.

"마법사?"

파이론이 고개를 끄덕이며 말했다.

"데비슨 자작의 첩자가 있다고만 알지 아직 그 정체를 밝히지 못했어."

"그게 저라는 겁니까?"

대답을 한 건 라프칸이었다.

"그건 확실하지 않다. 하지만 결행 일은 바로 이틀 뒤. 의심이 가는 자를 내버려 둘 수 없지 않겠나?"

"저는 아닙니다."

"아쉽게도 그 말을 믿을 수 있을 만큼 여유로운 상황이 아니라서 말이야."

레인은 이해가 간다는 듯 고개를 끄덕였다.

자신은 최근에 광산 노예가 됐고, 불과 며칠 사이에 많은 일이 있었다. 그게 노예들의 신임을 얻기 위해 조작된 일이라고 한다면 충분히 의심스러웠다.

"그래서 어쩌겠다는 겁니까?"

"이틀만 잠들어 있으면 된다. 다치는 일은 없을 거야."

파이론이 한 걸음 앞으로 움직였다.

그제야 레인은 자신을 왜 이곳까지 데려왔는지 이해가 되었다.

좁은 장소에 상대는 마법사였다. 일단 공격이 시작되면 피할 방도가 없는 것이다.

"하아, 정말 어이가 없군요."

레인은 고개를 저으며 복잡한 심정으로 투덜거렸다.

그때 파이론의 손이 움직였다.

번쩍 스파크가 튀더니 작은 동굴을 가득 메웠다.

파지지지직.

하얀 번개가 지면을 타고 뻗어가더니 레인을 향했다.
'어쩔 수 없군. 저들을 제압하고 사실을 말하는 수밖에.'
레인이 움직이기 시작했다.
뒤로 물러서 무릎을 꿇었다. 그리고 빠른 속도로 두 손을 앞으로 휘둘렀다.
촤아아악.
지면이 파였고, 공기가 갈라졌다.
그렇게 만들어진 벽이 달려드는 번개를 튕겨내 버렸다.
"말도 안 돼!"
라프칸이 깜짝 놀라며 소리쳤다.
마법으로 만든 번개는 물리적 충격도 충격이지만 번개의 속성이 더욱 강했다. 접촉하는 것만으로도 상대를 마비시키는 것이다.
그걸 이토록 단순히 처리하는 경우는 처음이었다.
그때 파이론이 빙긋 웃었다.
막 앞으로 튕겨 나가던 레인은 위협을 느꼈다.
본능적인 멈춤.
동시에 눈앞의 천장이 무너지고 있었다.
레인은 처음의 공격이 자신을 뒤로 물러서게 해서 궁지로 몰려 했던 것임을 깨달았다.
"제길."

레인이 빠른 속도로 움직이려는 순간, 앞을 가리는 흙더미 너머로 뭔가가 번쩍거렸다.

'매직 미사일?'

판단보다 빠르게 공격이 이어졌다.

슈파파파팡.

매직 미사일은 레인의 앞길을 막았고, 돌덩어리와 함께 폭발해 버렸다.

그 여파에 밀린 레인이 튕겨 나갔다.

우르르르릉!

쌓아놓은 광석이 무너졌고, 흙더미가 공간을 메워 버렸다.

라프칸은 무너져 버린 동굴을 보며 안타까운 표정을 지었다.

"아깝지만 어쩔 수 없습니다. 불안 요소를 하나 지워 버렸다고 생각하십시오."

파이론의 말에 라프칸은 한숨을 내쉬었다.

의심만으로 도움이 될지 모르는 자를 정리했다는 게 내키지 않았다.

하지만 파이론의 말대로였다.

파이론은 로크파란 자를 의심하고 있었고, 자신을 설득시켰다.

갑자기 6조 광산이 무너진 것도, 채찍을 맞은 몸으로도 멀쩡히 움직였던 것도 그런 사실을 뒷받침하고 있었다.

특히 방금 전 번개를 막았던 한 수는 정말 대단했다.

'하지만 아쉽군.'

타린이 말한 대로 그가 믿을 수 있는 자였다면 이번 일에 큰 도움이 될지도 몰랐다.

하지만 일이 이렇게 되어버린 이상 어쩔 수 없었다.

제아무리 날고 긴다는 기사들도 무너져 버린 굴에서 빠져나오려면 쉽지 않을 테니 말이다.

* * *

검은 구름이 달빛을 가리고 있었다.

그 때문에 순찰을 도는 기사들과 병사들은 더욱 신경이 곤두서 있었고, 가끔 고개를 돌려 저택을 쳐다봐야 했다.

데비슨 자작은 광산도시 내에 세 개의 대저택을 가지고 있었다.

혹시나 누군가 자신을 암살하지 않을까 싶어 수시로 머무는 곳을 바꾸기 위해서였다.

그 저택의 최상층, 중심에 위치한 방이었다.

대여섯 명이 누울 수 있을 정도로 커다란 침대가 중앙에 놓여 있었다.

창문을 통해 살랑거리는 밤바람이 들어왔다.

동시에 그림자 속에서 커다란 체구의 사내가 모습을 드러내었다.

사내는 살짝 인상을 찌푸리더니 침대로 다가갔다.

침대의 중앙에 얄팍한 인상의 중년인이 누워 있었는데, 양 옆으로 나신의 두 여자가 있었다.

한바탕 즐긴 흔적이 역력했다.

사내가 살짝 손을 움직이자 두 여자가 움찔거렸고, 곧 깊게 잠들어 버렸다.

"일어나라."

사내의 말에 뭔가를 느낀 듯 데비슨 자작이 눈을 떴다.

"누, 누구?"

사내가 손을 들자 갑자기 하얀 손등에서 뭔가가 나타나기 시작했다.

중심에 흐릿하게 거꾸로 된 나무가 그려졌고, 좌우로 모든 걸 집어삼킬 듯한 불꽃이 피어올랐다.

뒤집혀진 메이프의 상징과 타오르는 칼리프의 상징.

그건 바로 카오스 스톰이라는 정체불명의 단체가 가지고 있는 문신이었다.

데비슨 자작은 깜짝 놀라며 나체로 침대 아래로 내려왔고, 곧 무릎을 꿇은 채 고개를 숙였다.

"오, 오셨습니까?"

어딘가 그의 목소리에는 두려움이 깃들어 있었다.

사내가 손을 움직이자 이불이 데비슨 자작의 앙상한 몸을 휘감았다.

"아주 잘하는 짓이군. 보기가 민망할 정도야."

"죄송합니다."

데비슨 자작은 더욱 숙여 바닥에 이마를 대었다.

사내는 천천히 창으로 걸어가 밖을 쳐다봤다.

곳곳에 횃불이 자리 잡고 있었고, 그 사이로 기사와 병사들이 순찰을 도는 모습이 보였다.

"이틀 뒤다. 준비는 다 되었느냐?"

갑작스러운 말에 데비슨 자작이 당황해했다.

"예? 아, 예. 그렇습니다."

"사소한 실수도 용납할 수 없다. 알겠나?"

"예."

데비슨 자작의 등줄기로 식은땀이 흘렀다.

올 때마다 모습이 바뀌기 때문에 문신으로만 확인할 수 있었지만 언제나 마찬가지였다. 그에게서 풍기는 신비스러운 분위기는 감히 고개를 들지 못하게 만들었던 것이다.

물론 사내는 자신의 능력으로는 어찌해 볼 수 없는 자였다.

처음 그와 만났을 때 같이 온 여자를 포함해 단 두 사람이 기사 백여 명을 병신으로 만들었다.

그것도 불과 몇 분도 되지 않아서.

나중에 알게 된 두 사람의 신분은 조직에서도 열 손가락 안에 드는 위치였다.

"…묻지 않았느냐?"

"예?"

데비슨 자작은 얼빠진 소리를 내면서 과거의 상념에서 벗어났다.

사내는 약간은 화가 난 눈빛이었다.

동시에 사내의 손이 움직이자 데비슨 자작의 몸이 뒤틀리기 시작했다.

"끄어어, 허어어억."

신음조차 나오지 못할 정도로 지독한 고통이었다. 이대로라면 오히려 죽는 게 행복할 정도였다.

데비슨 자작은 눈물을 흘리며 겨우 입을 열었다.

"요, 용서를……"

딱.

사내가 손가락을 튕기자 고통이 사라졌다.

불과 수 초. 하지만 데비슨 자작은 지옥을 보고 온 것처럼 두려움에 떨어야 했다.

"다시 묻겠다. 준비는 얼마나 되어 있느냐?"

데비슨 자작은 정신을 차리고 대답했다.

"예, 예. 먼저 첫 번째 광산에는 오십 명의 기사를 추가로 보냈으며, 두 번째는……."

묵묵히 대답을 듣던 사내가 말했다.

"다른 광산은 내버려 둔다. 반란을 제압할 최소한의 병력만 남기고 기사들은 모두 4광산으로 돌려라."

"예? 그게 무슨……?"

날카로운 사내의 눈빛에 데비슨 자작은 다급히 입을 다물었다.

사내가 말했다.

"의미가 없으니 내버려 두라는 말이다. 그리고 쓸데없이 피를 보는 일은 삼가도록. 어차피 계속 일을 시켜야 하니 노예들이 많이 살아 있을수록 좋다. 알겠나?"

"예, 알겠습니다."

대답을 하면서도 데비슨 자작은 이해하지 못했다. 하지만 명령에 따르는 수밖에 없었다.

사내는 천천히 고개를 돌렸다.

마침 구름을 벗어난 달빛이 창가로 스며들었다.

나타난 얼굴은 바로 파이론의 것이었다.

CHAPTER 06
일어서는 광산 노예들

짙은 어둠 속에서 뭔가가 들썩거렸다.

"후아하."

고개를 내민 레인은 우선 거칠게 숨을 내뱉었다. 그러다 곧 앞을 확인하고는 와락 인상을 찌푸렸다.

광석 무더기에 깔린 뒤 한참 동안 꼼짝할 수 없었다.

다시 정신을 차리고 움직이기 시작한 건 한참 뒤, 조금씩 땅을 파다가 이제 겨우 공간이 확보됐다 싶었는데 그게 아니었다.

자신이 빠져나온 건 광석 무더기였고, 눈앞에는 무너진 굴의 잔해가 입구를 막고 있었다.

"하아, 또 얼마나 파야 하나?"

졸지에 노예가 되어 며칠 동안 땅을 팠고, 광산이 무너져 타린과 란드를 구하기 위해 땅을 팠다.

이제는 살기 위해, 아니, 저들을 설득하기 위해 땅을 파야 했다.

"이거 삽질하고 인연이 있는 거 아닌지 몰라."

레인은 투덜대면서 돌더미 사이를 빠져나왔다.

다시 한 번 심호흡을 한 레인은 일단 몸에 이상이 없음을 확인했다.

"그나저나 그 마법사, 파이론이라고 했던가?"

레인은 파이론과 싸웠을 때를 떠올렸다. 지리적인 불리함도 있었지만 그것뿐만이 아닌 것 같았다.

상대는 마치 자신이 첫 번째 마법을 막을 줄 알았다는 듯 공격을 연이어 펼쳤다. 천장을 무너뜨리고 혹시나 빠져나올 걸 대비해 매직 미사일까지 준비한 것이다.

"그 정도면 평범한 마법사가 아닐 텐데."

레인은 고개를 갸웃거렸다.

상대는 최소한 더블 캐스팅이 가능한 실력이었다. 시동어를 외우는 것도 보지 못했고, 마나의 움직임도 파악하기 힘들 만큼 재빨랐으니 말이다.

가만히 상황을 되짚어보자 곧 자신의 실수를 파악할 수 있었다.

"너무 방심했어."

좁은 공간이 자신에게 불리하다는 걸 파악했다면 좀 더 빠르게 움직여야 했다. 또한 상대가 마법사였으니 시간을 주어선 안 되었다.

그때 갑자기 저 너머에서 소리가 들렸다.

레인은 귀를 기울여 그쪽에 집중했다.

뭔가 두드리는 소리와 함께 다급한 목소리가 울렸다.

"타린?"

레인의 짐작이 곧 현실이 되었다.

우르르 무너지는 소리가 들리더니 색다른 공기가 밀려들어 왔다. 그리고 그 길로 불빛이 보였다.

타린이 작게 파인 틈으로 얼굴을 내밀었다.

"살아 있나?"

"말했다시피 헬레이드의 저주를 받는 모양입니다."

레인의 엉뚱한 대꾸에 웃음소리가 들려왔다.

"조금만 기다리게, 곧 구해줄 테니."

"아뇨. 뒤로 물러서 계십시오."

타린은 영문을 알 수 없다는 표정을 지었지만 곧 고개를 끄덕였다.

레인은 크게 심호흡을 하더니 관절을 풀기 시작했다. 그리고 겨우 머리통 하나가 지나갈 만한 공간으로 두 팔을 뻗고 몸을 움직였다.

놀랍게도 레인의 몸은 물속을 노니는 물고기처럼 흙더미 사이를 파고들었다.

몇 번의 꿈틀거림이 끝나고 머리가 밖으로 나오자 레인은 두 팔로 바닥을 짚을 수 있었다.

"놀랍군. 여길 그런 방식으로 빠져나올 수 있다니."

"미천한 재주 중에 하나죠."

레인은 그렇게 말하며 관절을 맞추었다.

정면에 있는 횃불 아래 의외의 사람들이 있었다.

타린과 조른, 그리고 리블이었다.

"그나저나 제가 여기 있다는 걸 어떻게 아셨습니까?"

레인의 질문에 타린은 리블을 쳐다보는 것으로 대납했다.

"의외군요. 저를 싫어하는 줄 알았는데."

"그런 소리 말게. 리블은 우리 가문의 충신일세."

"가문요?"

레인이 지적하자 타린이 흠칫했다. 실수를 깨달은 것이다.

"휴우. 이렇게 됐으니 어쩔 수 없구먼. 내 모든 걸 말해주겠네."

리블은 깜짝 놀라며 타린을 쳐다봤다.

타린에겐 비밀이 있었다. 다른 곳이라면 몰라도 적어도 광산 안에서는 밝혀서 안 되는 그런 비밀이었다.

"가주님, 그건 안 됩니다."

"상황이 이렇게 됐는데 어쩌겠나? 다른 방법이 없지 않은가?"

"하지만……."

리블은 망설였지만 더는 타린을 말리지 않았다.

"다들 타린이라 부르지만 사실이 아니네. 정확한 이름은 타리우스지."

타린이 천천히 입을 열었다. 그리고 레인은 크게 놀라고 말았다.

"난 바스타 자작 가문의 가주인 타리우스 론 바스타일세."

테일론 왕국이 제국으로 바뀐 오랜 전쟁이 끝나고 평화가 찾아왔다. 하지만 전쟁이 길었던 것 이상으로 수습하는 일에는 많은 시간이 필요했다.

당시 황제 로일드 폰 테일론은 나라의 안정을 위해 귀족들의 권한을 제한하지 않았다. 스스로 영지를 재건하라는 명령을 내린 뒤 오히려 돕기까지 했다.

그렇게 수많은 귀족들이 움직이는 그때, 카오스 스톰이라는 괴상한 조직이 나타났다.

그들은 귀족, 보다 정확히 말하면 부유한 귀족들의 자식들을 납치하고 몸값을 요구했다.

대부분 귀족들은 자식들의 안전을 위해 돈을 주고 목숨을 구했고, 명예를 지키기 위해 입을 다물었다.

카오스 스톰에 대해 대륙에 퍼진 건 한 백작 가문의 몰락 때문이었다.

유일하게 대를 이을 아들이 납치를 당하자 백작 가문의 가주는 기사단을 출전시켰다. 몸값을 지불하기로 한 그 장소로 말이다.

결과는 간단했다.

오백 명이 넘는 기사단이 전멸했고, 그 가운데 목이 잘린 아들의 시체가 있었다. 그리고 며칠 뒤 정체를 알 수 없는 이들이 나타나 백작 가문의 영지를 엉망으로 만들어 버렸다.

적어도 몇 년은 세금을 거둘 수 없을 정도로.

백작은 충격을 이기지 못해 급사했고, 영지는 순식간에 몰락하고 말았다.

이 소식을 들은 황제는 진노했다.

"지위 고하를 막론하고 카오스 스톰과 관련이 있는 자들은 모두 처단하겠다."

테일론 제국이 술렁거렸다.

한동안 피의 숙청이 이어졌고, 귀족들은 몸을 사려야 했으며, 수백 개의 크고 작은 범죄 조직들이 무너졌다.

이후 카오스 스톰은 나타나지 않았다.

아니, 이전보다 더욱 은밀하게 움직이는지 결코 흔적을 드러내지 않았다.

"나와 가족들이 납치당했을 때도 마찬가지였지."

타린, 아니, 타리우스의 목소리는 힘이 없었다.

당시 귀족들의 실종은 드문 일이 아니었기에 크게 관심을 기울이는 사람은 없었다. 자신의 영지를 관리하는 것도 벅찬 상황이었으니 말이다.

더군다나 타리우스와 가족은 가문을 잇고 있지 않았으니 더욱 그러했다.

"자, 잠깐만요. 가족이라고 하셨습니까? 그럼 혹시?"

"맞아. 라프칸은 나의 아들이지. 유일하게 살아 있는 혈육이기도 하고."

그제야 레인은 광산이 무너졌을 때 보였던 라프칸의 초조한 모습을 떠올렸다.

'그랬었구나.'

레인은 대충 돌아가는 상황을 짐작할 수 있었다.

타리우스와 라프칸을 납치한 건 데비슨 자작이었다. 그가 왜 둘을 살려두었는지는 모르겠지만 광산 노예로 부리면서 지속적으로 감시하고 있는 건 확실했다.

'어딘가 감시자가 있었을 텐데?'

데비슨 자작의 성격이라면 여기 가두어놓는 것만으로 안심할 리가 없었다.

그걸 눈치챈 것일까?

"나는 파이론을 의심하고 있었네."

타리우스는 그렇게 말하며 주위를 둘러봤다.

레인이 들어왔을 때와 달리 굴속은 미로처럼 되어 있어 나가는 길을 찾기가 쉽지 않아서였다.

"처음 파이론이 내 앞에 나타났을 때 나를 단번에 알아봤지. 그리고 그는 이렇게 말했네, 내 형님을 모시던 마법사였다고."

파이론은 테리븐 론 바스타 자작과 나이를 떠난 친구 관계였다고 했다.

그는 테리븐의 죽음이 의심스러워 조사를 하다가 광산 노예들이 있다는 사실을 알았고, 자신을 모시기 위해 자진해서 이곳으로 들어왔다는 것이다.

'하긴 그의 실력이라면 어렵지 않았겠지.'

그럼에도 레인은 의문이 가시지 않았다.

"우리는 그전부터 탈출할 준비를 하고 있었는데, 파이론이 오면서 일이 급격하게 진행되었지. 거기다 처음 목적이던 탈출이 데비슨 자작의 습격으로 바뀐 거야."

"그게 가능할 리가 없지 않습니까?"

"아니야. 파이론은 스스로 4클래스의 마법사임을 증명해 보였네. 그리고 라프칸에게 충성을 맹세했지."

현재 마법사들의 수준은 과거의 전쟁 전보다 한참이나 떨어졌다. 그런 상황에서 4클래스라면 엄청난 실력이었고, 라프칸이 흥분한 것도 충분히 이해가 되었다.

"하지만 난 파이론을 믿을 수 없었어. 그래서 리블에 대한 걸 끝까지 감추었지."

타리우스는 리블을 쳐다보며 한숨을 내쉬었다.

"리블은 원래 바스타 가문의 시종이었지. 우리가 실종되고 형님이 죽으면서 위험을 느낀 거지. 그래서 모습을 바꾸고 나를 찾아다녔던 거야."

이후의 과정은 뻔했다.

리블 역시 떠돌이 용병처럼 행세하다 광산 노예가 되고 말았다. 그리고 오랜 시간이 걸려 기사들과 병사들이 원하는 걸 들어주면서 지금의 자리에 올랐던 것이다.

그 모든 건 타리우스를 곁에서 지키기 위해서였다.

"테리븐님이 없었다면 제 가족들은 살아남지 못했을 겁니다. 그 은혜를 생각한다면 별것 아닙니다."

리블은 그렇게 변명하면서 흉측한 얼굴과 어울리지 않는 미소를 지었다.

일어서는 광산 노예들

레인은 광산 노예들 사이에서 타리우스가 가지고 있는 영향력을 떠올렸다. 리블이 모시고 있는 이상 어쩌면 그게 당연한 건지도 몰랐다.

특히 광산이 무너졌을 때 리블의 행동을 보면 그랬다.

타리우스가 다시 말했다.

"리블은 오랫동안 형님을 모셨어. 하지만 그의 기억에는 파이론이 없었지. 그러니 의심하는 게 당연하지 않겠나?"

"그렇군요. 그런데 왜 저에게 이런 이야기를 해주시는 거죠? 파이론이 의심스럽다면 저 역시 그렇지 않습니까?"

"아, 깜빡했군."

타리우스가 리블을 쳐다봤다.

리블은 허리춤에 있는 주머니에서 뭔가를 꺼내었고, 레인은 그걸 단번에 알아차렸다.

여기에 끌려오면서 뺏긴 가방이었다.

"자네가 날 구해준 뒤 뭔가 이상해서 꼼꼼하게 뒤져 봤네. 그랬더니 저게 나오더군."

낡은 가방에는 손질된 두 개의 단검과 용병패, 그리고 잡다한 물건들이 있었다.

그중 리블이 타리우스에게 준 건 위장된 용병패였다.

타리우스는 용병패를 섬세하게 만지더니 위에 씌워놓은 위장을 벗겨내었다.

곧 모습을 드러낸 페르나팍스과 환한 빛을 뿌렸다.

"이거, 실수로군요."

레인은 설마 낡은 용병패를 누가 꼼꼼하게 확인할까 싶어 안심하고 있었다.

더군다나 되찾으려고 마음먹으면 금방 손에 들어올 물건이었으니 심각하게 생각하지 않았다.

그나마 다행인 건 손에 낀 반지는 트랜스 상태에서 모습이 사라진다는 것이었다.

"세 마리 황금 사자. 내가 기억하기로 황금 사자 문양을 쓸 수 있는 사람은 한정되어 있지. 황실의 사람이거나 그에 준하는 귀족. 어떤가? 내 생각이 틀렸나?"

타리우스의 지적에 레인은 순순히 인정했다.

"맞습니다. 그건 제 물건입니다."

갑자기 타리우스의 눈에 물기가 고이기 시작했다.

"언제고 누군가가 데비슨 자작을 조사할 것이라고 생각했네. 우리가 상급의 광석을 빼돌린 건 그런 이유에서였지."

페우라 광산은 황실에서 관리를 하니 생산량이 줄어들면 조사하는 게 당연했다.

단순히 도망치기 위해 준비했다고 생각했는데 그 이면에는 이런 계획이 있었던 것이다.

"로크파는 당연히 가명이겠고. 원래 이름은 뭔가?"

레인은 잠시 망설이다가 입을 뗴었다.

"레인, 레인 반 로헬입니다."

순간 타리우스의 표정이 굳어졌다.

레인은 혹시 타리우스가 자신의 가문에 대해 알고 있는가 싶었다.

예상은 화려하게 빗나갔다.

"제국에… 로헬 백작 가문이란 곳이 있었나?"

리블 역시 처음 듣는다는 표정으로 고개를 저었고, 타리우스의 얼굴에 실망이 깃들었다.

그걸 본 레인은 어쩔 수 없이 한숨을 내쉬었다.

"휴우, 잘 알려지지 않은 가문입니다. 하지만 황실에서 조사하란 명령은 진짜입니다."

그때였다.

"서둘러야 합니다."

동굴의 끝이 보이고 그 입구에 누군가가 서 있었는데, 바로 조른의 형인 파이븐이었다.

타리우스가 깜짝 놀라며 물었다.

"무슨 일인가? 설마?"

"예. 벌써 움직이기 시작했습니다."

타리우스는 다급하게 고개를 돌리며 레인을 쳐다봤다.

아마 탈출 계획을 말하는 것이리라.

레인은 고개를 끄덕였다.

이제 돌아가는 사정은 다 알았다. 몇 가지 문제가 있지만 의심 가는 파이론과 데비슨 자작을 잡으면 충분히 해결할 수 있을 것 같았다.

"제가 알아서 하겠습니다."

레인은 그렇게 말하며 단검과 페르나팍스를 챙겼다.

굴 밖으로 나온 레인은 단번에 상황을 파악할 수 있었다.

입구 쪽의 기사들은 미소를 지으며 서 있었고, 그 뒤의 병사들도 마찬가지였다.

술을 마시고 취할 것이라는 예상과는 전혀 다른 모습이었다.

맞은편에는 커다란 체구의 라프칸과 곡괭이와 삽 같은 것으로 무장한 광산 노예들이 있었다. 하지만 그들은 당황스러워하고 있었다.

라프칸은 고민이 역력한 표정으로 망설이고 있었다.

광산 노예는 백여 명, 그리고 기사의 숫자는 블렌드를 포함해 다섯 명이었지만 병사들까지 합세한다면 일방적인 도살이 될 게 분명했다.

그 중간에 나타난 레인은 살짝 인상을 찌푸렸다.

'이런, 굴 안에 있다 보니 실수했군.'

어둡고 밀폐된 공간은 빛이 들지 않는다.

밤낮이 바뀌는 걸 모르니 당연히 시간의 흐름에 둔해지게 마련이다.

한마디로 예상보다 많이 늦어진 것이다.

이렇게 되기 전이라면 충분히 막고 다음 기회를 노릴 수 있겠지만 지금은 아닌 것이다.

그걸 증명하듯 기사들과 병사들의 눈에 살기가 가득했다.

레인은 가장 먼저 파이론을 찾았다.

예상대로 그의 모습은 어디에도 보이지 않았다.

그게 지금의 소강상태를 만든 가장 큰 이유였다.

"운이 나쁘군."

블렌드는 검을 빼 들고 레인을 노려봤다.

자신의 채찍을 맞고 침대에 누워 있을 거라 생각한 녀석이 멀쩡한 모습으로 나타나니 울컥 화가 났던 것이다.

레인은 침착한 표정으로 블렌드를 쳐다봤다.

아니, 지금까지 광산 노예들을 개처럼 취급하던 이들을 향해 감정을 드러내었다.

레인이 씨익 웃었다.

움찔.

기사들과 병사들은 무자비한 살기에 소름이 돋는 걸 느꼈다.

"어차피 너희들은 거기까지겠지."

의미를 알 수 없는 레인의 말에 블렌드가 이를 악물었다.

레인은 천천히 라프칸을 돌아봤다.

"묻겠다, 라프칸. 그대가 원하는 건 무엇인가?"

라프칸은 잠시 망설였지만 레인의 뒤에 있는 타리우스를 보고 입을 열었다.

"내가 원하는 건… 자유다."

"순간의 자유에 목숨을 버릴 생각인가?"

라프칸은 천천히 고개를 끄덕였다.

"이런 삶을 계속할 바에야."

"그건 너만의 생각인가, 아니면 모두의 생각인가?"

순간 라프칸의 뒤에서 웅성거림이 들렸다.

"그건 모른다. 하지만 이대로 있어도 결과는 마찬가지. 조금 더 일하고 죽던가, 이대로 죽던가겠지."

라프칸의 대답에 호위를 자처하던 무크란과 보커가 소리쳤다.

"우린 자유를 원한다!"

"그래, 우리가 원해서 노예가 된 게 아니란 말이다!"

듣기로 무크란과 보커 역시 무리에서 떨어져 나온 용병이라고 했다.

레인 역시 떠돌이 용병 흉내를 내다가 잡혀왔으니 그들의 처치를 충분히 이해할 수 있었다.

그것뿐만이 아니었다.

데비슨 자작은 과도한 세금을 물렸고, 그로 인해 망한 장사꾼들이나 부랑자가 된 이들을 강제로 끌고 왔다.

모두 모자라는 인력을 보충하기 위해 벌인 짓이었다.

이들의 분노는 한계에 이른 상황. 만약 불씨라도 던져지면 그대로 폭발할 정도였다.

노예들의 소란이 계속되자 블렌드의 얼굴이 일그러졌다.

자신이 데비슨 자작과 바일즈 기사단장에게 받은 명령은 이랬다.

몇몇 노예들을 잔인하게 죽여 그들의 기세를 꺾어 다시 순종하게 만드는 것.

하지만 이런 분위기라면 아무래도 곤란했다.

그때 레인이 다시 물었다.

"복수는?"

"파이론이 여기 없다는 것과 저들이 술 마시는 척했다는 걸 확인했으니… 이미 불가능한 일이겠지."

라프칸의 목소리는 체념이 가득했다.

가장 믿고 있던 파이론이 첩자였다는 사실을 믿을 수 없었지만, 현실을 부정할 수는 없었다.

"그렇다면 싸워봐야 개죽음이라는 걸 알 텐데?"

망설이던 라프칸은 고민에 빠진 모습이었다.

레인의 지적대로 싸움을 벌인다면 흥분한 광산 노예들은

모두 몰살당하고 말 것이다. 그렇다고 이대로 물러선다고 해도 가만히 놔둘 기사들이 아니었다.

라프칸은 블렌드를 쳐다보며 제안을 던졌다.

"내 목 하나로… 없던 일로 하면 안 되겠나?"

"부족하긴 하지만……."

블렌드는 말을 잇지 못했다.

무언가 송곳처럼 날카로운 뭔가가 날아와 가슴을 찔렀던 것이다.

몸이 굳어졌고, 벌어진 입이 움직이지 않았다.

라프칸이 뭔가 이상함을 느끼고 다시 입을 열려고 할 때였다.

"그럴 수 없습니다."

갑자기 나온 외침에 라프칸이 뒤를 돌아봤다.

무크란과 보커의 말에 각 조의 조장들이 곡괭이를 단단히 쥔 채 앞으로 나섰다.

"우린 더 이상 노예처럼 살고 싶지 않습니다."

"기왕 죽을 목숨이라면 대장과 함께하겠습니다."

무크란과 보커가 뜨거운 눈빛으로 쳐다봤다.

라프칸은 그들의 마음을 알고 있었다.

하지만 파이론에게 속아 일이 엉망이 된 이상은 누군가가 책임을 져야 했다.

그래야 뒤를 기약할 수 있으니까.

"굳이 그럴 필요는……."

"아닙니다. 라프칸 대장이 아니었다면 지금까지 버티지도 못했을 겁니다."

"제 목숨을 구해준 건 대장입니다."

무크란과 보커가 나서자 조장들 역시 라프칸을 지키듯 둘러쌌다.

사람은 위기를 겪어야 진정한 친구를 알 수 있다고 했다.

지금의 라프칸에게 무크란과 보커는 그런 존재였다.

레인은 그들의 모습을 보면서 그동안 라프칸의 행동이 나쁘지 않았음을 느꼈다.

특히 타리우스는 기특하다는 표정을 짓기까지 했다.

라프칸과 조장들은 기사들을 향해 고개를 돌렸고, 광산 노예들 역시 굳게 결심을 한 듯 이를 악물었다.

날카로운 눈빛은 아까와는 달랐다.

지금의 기세라면 기사들도 성치 못하리라.

라프칸이 주먹을 불끈 쥐고 외쳤다.

"자유를 위해 싸우자."

"우와아아아아!"

요란한 함성과 함께 라프칸이 한 걸음을 내디뎠다.

결코 자신들의 실력으로는 기사들과 병사들을 당할 수 없었다. 하지만 지금껏 가슴속에 품어왔던 울분은 저들의 피를 원하고 있었다.

'결과가 정해져 있다고 해도 더는 이렇게 살 수 없다.'

그게 라프칸을 결심하게 만들었다.

운 좋게 기사들과 병사들을 쓰러뜨린다고 해도 그것으로 끝이었다. 밖으로 나갈 수도, 나간다 해도 살아날 수는 없는 것이다.

'정말 뜨겁군. 낯간지러울 정도야. 하지만… 왠지 기분이 나쁘진 않은걸.'

레인은 그들에게서 전해지는 열망을 느꼈다.

도와주고 싶다는 기분과 저들이 틀리지 않았다는 확신이 들었다.

레인은 조심스럽게 단검을 쥐었다.

광산 노예들이 다가오자 블렌드는 이를 악물었다.

잠시 몸이 마비되었다 느낀 건 아무래도 착각인 것 같았다.

'제길. 곤란한데.'

자신들의 실력이 월등하고, 뛰어난 전력을 가지고 있었지만 상대의 숫자는 무시할 수 없었다.

곡괭이에 눈이 달려 있지 않듯이 우연히 맞은 공격에 당할 수도 있는 것이다.

블렌드는 기사들을 돌아보며 고개를 끄덕였다. 그리고 검을 위로 들었다.

"전투 준비!"

블렌드의 외침에 기사들이 검을 빼 들고 돌격 자세를 취했고, 병사들 역시 훈련받은 대로 창을 앞으로 내밀었다.

모두 블렌드의 신호를 기다렸다.

블렌드가 검을 아래로 힘차게 그었다.

"돌격!"

기사들이 날카로운 기세를 뿜어내며 달려왔다.

그 무시무시한 기운에 걸음을 옮기던 광산 노예들이 주춤거렸다.

무리지어 있을 때는 몰랐는데, 막상 기사들과 싸울 생각을 하니 두려움이 밀려들었다.

곧 저들의 검과 창이 자신들의 피로 물들리라.

그때였다.

촤아아악!

기사들과 병사, 그리고 노예들 사이로 뿌연 먼지가 피어올랐다.

미끄러지듯 끼어든 레인이 말했다.

"도움을 원하나?"

라프칸은 걸음을 멈추고 고개를 끄덕였다.

레인은 몸을 돌려 기사들을 쳐다봤다. 그리고 왼손에 역수로 든 단검을 가슴으로 올렸고, 동시에 오른손에 든 단검을 허리로 가져갔다.

혼자서 기사들의 앞을 막겠다는 의도.

블렌드는 분노한 눈빛으로 레인을 향해 움직였다.

기사의 커다란 검이 위로 들렸다.

"죽어라!"

검이 맹렬한 속도로 레인의 머리를 향해 떨어졌다.

부우웅!

허공을 가르는 소리에 이어 손에 걸리는 느낌이 없자 블렌드는 인상을 찌푸렸다.

그때 뒤에서 목소리가 들렸다.

"굳이 내 손으로 심판할 필요는 없겠지?"

"뭐?"

블렌드가 고개를 돌리려고 했다.

하지만 의지와 달리 몸이 움직이지 않았다.

쩌어엉!

블렌드의 흉갑에 검은 점이 생겼다.

곧 지진이 난 것처럼 균열이 퍼지더니 순식간에 갑옷을 휘감아 버렸다.

조각조각 갈라진 갑옷이 벗겨지며 무장이 해제되었다.

동시에 블렌드의 손에서 검이 떨어졌다.

"죗값을 치르라고."

쉽게 이해되지 않는 더없이 차가운 목소리였다.

레인은 굳어 있는 블렌드를 무시하고 기사들 사이로 뛰어들었다.

카가가가강!

블렌드는 등 뒤에서 울리는 날카로운 소리에 움찔거렸다.

곧이어 비명이 울렸고, 절규가 터져 나왔다.

'대체 무슨 일이?'

블렌드는 지금의 상황이 도저히 이해가 되지 않았다.

아니, 믿을 수 없었다.

그때 이마에서 흐른 한 방울의 땀이 바닥에 떨어졌다.

무심코 그쪽으로 시선이 움직였고, 곧 자신을 향해 늘어지는 그림자를 볼 수 있었다.

어느새 다가온 노예들이었다.

블렌드는 다급히 몸을 일으켜 저항하려 했지만 육체는 그를 배신했다.

그의 머리 위로 분노한 노예들의 곡괭이가 떨어졌다.

"끄아아악!"

블렌드의 비명과 함께 피가 사방으로 튀었다.

CHAPTER 07
밝혀지는 진실

분노와 광기가 휘몰아쳤다.

곡괭이와 삽은 간간이 꿈틀거리는 기사들의 육체를 난자하고 있었다.

병사들의 시체 역시 온전한 형태가 아니었다.

예외는 단 세 명. 두 명의 늙은 병사와 순박하게 생긴 청년 병사뿐이었다.

그들이 살아난 이유는 노예들과 친분이 있었고, 나름 신경 써주었기 때문이다. 특히 청년은 리블의 부탁을 들어주어 바깥과 연락을 맡고 있었다.

밝혀지는 진실 153

레인은 광산 노예들의 분노를 알았다.

그 때문에 기사들과 병사들의 무장을 해제시키기만 하고 그들의 손에 심판을 맡겨 버렸다.

결과는 세 명의 생존. 그게 기사들과 병사들이 그동안 저질렀던 죄의 대가였다.

레인은 그들의 시체를 보면서 복잡한 감정을 느꼈다.

잠시 후, 어느 정도 풀린 울분과 가라앉은 광기 사이로 라프칸의 목소리가 들렸다.

"모두 집합해라."

무크란과 보커가 다른 조장들과 함께 노예들을 진정시키기 시작했다.

그사이 레인에게 다가간 라프칸이 물었다.

"그대는 누구인가?"

대답을 한 건 타리우스였다.

"황실에서 파견 나온 조사관이지."

"황실에서요?"

라프칸은 깜짝 놀라며 레인을 돌아봤다.

"그게 정말……."

"지금 중요한 건 그게 아닙니다."

라프칸의 입을 막은 레인은 고개를 돌려 광산 입구를 쳐다봤다.

굳게 닫힌 문 너머로 날카로운 기세가 느껴졌다.

레인은 천천히 광산 노예들을 쳐다보다 라프칸에게서 시선을 멈췄다.

"이제 어떻게 하시겠습니까?"

갑작스러운 질문이었다.

라프칸은 이후의 일을 미처 생각하지 못했음을 떠올렸다.

"가능하다면 이들이 살 수 있는 방향으로 선택하고 싶네."

자신이 먼저가 아니라 광산 노예들을 위한 말에 레인은 고개를 끄덕였다.

"아무래도 각오하셔야 할 겁니다."

레인이 천천히 걸음을 옮겼다.

그 뒤로 라프칸과 이제 겨우 자리를 잡은 광산 노예들이 있었다.

레인은 입구를 막고 있는 커다란 나무문 앞에 섰다.

번쩍.

붉은 섬광이 나타났다가 순식간에 사라졌다.

착각이라 생각해도 좋을 정도였다.

곧 서너 명의 병사가 좌우에서 힘껏 당겨야 겨우 열리는 문이 앞쪽으로 기울기 시작했다.

쿠우웅!

육중한 무게가 지면을 때렸고, 뿌옇게 피어난 먼지가 시야를 가렸다.

곧 한줄기 바람이 불어왔다.

"헉!"

광산 노예들의 입에서 다급한 목소리가 들렸다.

그들은 볼 수 있었다.

문 너머 도열해 있는 수백 명의 기사, 그리고 수천에 달하는 병사들을 말이다.

"과연 이런 이유에서였군요."

데비슨 자작은 불쾌한 표정을 감출 수 없었다.

사내 파이론의 말대로 다른 곳으로 보낼 기사들의 숫자를 줄였다. 그리고 약속된 시간이 되자 정예 기사들을 모조리 이끌고 이곳으로 달려왔다.

붉게 물든 노을이 산 끝에 걸려 있는 시각, 평소라면 저녁을 먹고 여자들을 품에 안을 때였다.

하지만 눈앞에 펼쳐진 광경은 그런 평화로움과 거리가 멀었다.

수십 명에 달하는 시체, 그 너머에는 두려움과 혼란, 그리고 분노에 물든 광산 노예들의 눈빛이 보였다.

"어떻게 감사드려야 할지 모르겠습니다."

데비슨 자작은 이를 빠드득 갈며 기사단장 바일즈를 쳐다봤다.

"살려둘 필요 없다. 깔끔하게 정리하도록."

"아니, 서두를 필요 없다. 아직 대화의 여지가 남아 있어."

파이론의 말에 데비슨 자작은 눈치를 살폈다.

자신들에게 손쓸 때는 무지막지하던 파이론이다. 이제 와서 저런 태도를 보이는 게 이해되지 않았다.

'노예들과 함께 생활하면서 정이라도 든 건가?'

살짝 인상을 찌푸린 데비슨 자작은 다시 바일즈에게 명령을 내렸다.

"빠져나가지 못하게 포위하도록."

"예."

바일즈는 공손히 대답한 다음 기사들에게 신호를 보냈다.

험한 산중이라 말을 타고 올 수 없었다. 그래서 기사들은 자신들을 여기까지 움직이게 한 광산 노예들에게 화가 난 상태였다.

하지만 기사단장 바일즈의 명령은 절대적이었다.

기사들은 눈치를 보며 보조를 맞춰 앞으로 걸어나갔다.

그 숫자는 무려 삼백. 데비슨 자작의 정예 중의 정예라고 할 수 있는 이들이었다.

레인은 다가오는 기사들을 쳐다보다 그 중심에 있는 파이론을 발견할 수 있었다.

'역시 예상하고 있었던 모양이군.'

레인은 아쉬움을 느꼈다.

아마 파이론은 동굴에서 싸울 때 자신의 실력을 파악한 것 같았다. 저토록 많은 숫자의 기사를 데려온 게 바로 그 증거였다.

그때 레인의 뒤쪽에서 웅성거리는 소리가 들렸다.

광산 노예들은 점점 앞으로 다가오는 기사들을 보고 공포에 질린 상태였다.

특히 살육의 흥분이 가시고 현실을 맞아들인 상황에서 겪는 일이라 더욱 두려워하고 있었다.

라프칸 역시 포기에 가까운 표정이었다.

'아무래도 내가 나서야겠군.'

레이이 그렇게 생각하는 사이, 데비슨 자작과 기사들은 지척까지 다가왔다.

"누가 데비슨 자작인가?"

데비슨 자작은 살짝 인상을 찌푸리며 자신의 앞을 막은 자를 쳐다봤다.

너저분한 차림에 얼굴을 가린 산발한 머리카락, 거기다 무장은 짧은 단검 두 개가 전부였다.

"그대는 누군가?"

데비슨 자작의 눈빛에 레인의 손이 움직였다.

레인의 머리카락이 검은색으로 바뀌고 페우라에 와서 처음으로 원래의 얼굴이 드러났다.

"내 이름은 레……."

원래의 이름을 말하려던 레인은 아차 싶어 서둘러 말을 바꾸었다.

"나는 다크, 다크 폰 로열이다. 테일론 황실의 숨은 검이자 절대적인 방패다. 로일드 폰 테일론 황제께서 나를 직접 임명하셨지."

순간 데비슨 자작의 얼굴이 굳어졌다.

이건 정말 예상치 못한 전개였다. 다른 곳도 아닌 테일론 황실이라니.

데비슨 자작이 당황해하며 파이론을 쳐다봤다.

"거짓말이다. 아니, 사실이라 해도 상관없지. 죽은 자는 말을 할 수 없으니까."

그 말의 요점을 파악한 데비슨 자작은 미소를 지으며 레인을 쳐다봤다.

어차피 여길 빠져나갈 방법은 없었다.

정면은 자신들에 의해 막혀 있고, 비상 탈출구라고 할 수 있는 광산의 굴도 이미 파악하고 있었다.

살기 위해 도망친다 해도 어디에나 기사들이 있을 테니까.

데비슨 자작은 자신만만한 표정으로 레인을 돌아봤다.

"크큭. 일개 조사관치고는 겁이 없군."

사실 광석이 줄어드는 걸 보고 언제고 황실에서 사람을 보낼 것이라고 짐작은 했었다. 하지만 그게 이런 애송이일 줄은 꿈에도 몰랐다.

"글쎄? 자신감도 없이 나섰을 거라고 생각하나?"

레인의 말에 데비슨 자작은 광산 노예들을 가리키며 크게 웃음을 터뜨렸다.

"푸하하, 네 뒤에 있는 떨거지들을 믿고 있는 거냐? 그렇다면 단숨에 짓밟아주지."

"가능하다면… 해봐."

레인의 몸에서 무시무시한 살기가 뿜어졌다.

"컥!"

가까이 있는 기사들의 얼굴이 하얗게 변했고, 일부는 두려움에 몸을 떨 정도였다.

정면에 있던 데비슨 자작은 더했다.

갑자기 딸꾹질이 나기 시작하더니 극심한 추위가 밀려들었다. 의지와 무관하게 다리가 사정없이 떨리고 금방이라도 주저앉을 것 같았다.

그 앞을 파이론이 막아서자 데비슨 자작은 겨우 정신을 차릴 수 있었다.

레인은 살짝 인상을 찌푸렸다.

자신이 뿌린 건 평범한 살기가 아니었다.

그걸 단지 나서는 것으로 막아낼 만한 사람은 무척 드물었고, 어머니 세이렌은 대륙 전체에서 백 명도 채 되지 않을 것이라 했다.

'역시 보통이 아니었어.'

레인은 호승심과 호기심, 그리고 정체를 알 수 없는 복잡한 감정을 느꼈다.

"묻고 싶은 게 있다."

"말해라. 대답해 줄 수 있는 아량 정도는 있으니까."

파이론은 웃으며 한 걸음 옆으로 물러서더니 데비슨 자작을 쳐다봤다. 그 시선은 알아서 대답하라는 의미였다.

데비슨 자작은 의문이 들었지만 차마 내색할 수 없었다.

"왜 그동안 기다린 거지?"

레인의 질문은 여러 가지 의미가 뒤섞인 것이라 데비슨 자작은 어떻게 대답해야 할지 망설였다.

"다시 묻겠다. 이제 와 노예 광산을 정리하는 이유가 뭐지?"

"아하! 그게 궁금했던 거로군."

데비슨 자작은 크게 고개를 끄덕이더니 미소를 지었다.

"간단하게 말하지. 더 이상은 필요없으니까."

"필요가 없다고?"

"맞아. 이미 필요한 광석은 확보했지. 저 멍청한 노예들이 언제고 탈출할 거라고 생각해 조금씩 감추어둔 곳을 모두 확인했다."

레인은 파이론을 쳐다봤다.

파이론이 라프칸의 심복으로 있으면서 숨겨둔 위치를 알아낸 것이 분명했다.

그때 데비슨 자작이 고개를 저었다.

"너희 노예들이 병사들을 매수했다고 생각했겠지만 그건 아니야. 오로지 내 명령에 따라 그렇게 한 거지. 물론 나 역시 알고서도 모른 척한 것이고."

그 말에 라프칸과 리블의 얼굴이 굳어졌다.

한마디로 데비슨 자작의 손에 놀아났다는 말이었다.

"하지만 도시보다 광산 어딘가에 숨겨놓은 게 더 많다는 정보를 얻었지. 그 정도 양이라면 더 이상 광산 노예늘에게 매달릴 필요가 없다는 게 내 생각이다."

확실히 답은 나왔다.

데비슨 자작은 어떤 이유로 많은 광석이 필요했다. 이제 그 소재를 파악했으니 더 이상 연극할 필요가 없었다.

또한 개인적으로 광산 노예들을 부리는 건 여전히 위험 요소가 다분했다.

필요한 걸 얻고 불필요한 걸 제거한다.

데비슨 자작은 그걸 실행에 옮기고 있었다.

"그럼 왜 노예들이 반란을 일으키도록 계획한 거지?"

또다시 레인이 묻자 데비슨 자작은 파이론을 쳐다봤다.

이것까지 말해줘야 하는지를 묻는 눈치였다.

대답은 파이론이 했다.

"반란을 일으킨다고 하면 모두 모일 테니까."

무척이나 간단한 대답이었다.

레인은 이해가 간다는 듯 고개를 끄덕였다.

만약 데비슨 자작이 광산 노예들을 정리하겠다고 마음먹고 기사들과 병사들을 보냈다면 아마 쉽지 않았을 것이다.

노예들이 광산 안으로 숨어버리면 잡기도 힘들 테고, 일부가 살아서 도망이라도 간다면 곤란하니 말이다.

하지만 노예들이 반란을 일으킨다면 한곳에 모일 게 분명했다.

그래야 한 명이라도 살아날 가능성이 크니까.

상황을 파악한 라프칸은 주먹을 불끈 쥐었다.

가슴속 깊은 곳에서 분노가 치밀어 올랐다. 마음 같아서는 당장에라도 달려가 파이론의 목을 꺾어버리고 싶었지만 현실은 그에게 인내심을 요구하고 있었다.

광산 노예들 역시 흥분한 모양이었다.

레인은 등 뒤에서 느껴지는 억눌린 감정을 분명히 느끼고 있었다.

이제 모든 대답은 나왔다.

데비슨 자작이 아무리 야심이 크다고 해도 이런 일을 벌이기는 쉽지 않았다. 거기다 파이론에게 말을 높이고 있는 걸 보면 이건 혼자만의 계획이 아닌 것이다.

'배후가 있어.'

레인은 결심한 듯 정면을 보며 말했다.

"나는 테일론 황실의 임명을 받은 감찰관이다. 이제부터 데비슨 자작의 죄를 밝히겠다."

기사들과 병사들 사이에서 잠시 술렁거림이 있었지만 데비슨 자작은 여전히 자신만만한 표정이었다.

"내 뒤에 바스타 자작가의 정통 계승자가 있다. 그가 말하길, 자신의 실종에 그대가 관여했고, 그 대가로 광산도시 페우라의 관리를 맡게 되었다고 했다."

"그건 내 노력의 결과일 뿐이다."

데비슨 자작이 코웃음을 쳤지만 레인은 자신이 알고 있는 바를 연이어 말했다.

무단으로 허가받지 않은 광산을 채굴한 것, 광산 노예들을 착취하고 부린 것부터 사람들을 납치해 노동력을 쓴 것까지, 그리고 레인 자신이 겪은 경험을 덧붙였다.

"스스로 죄를 인정하고 무릎을 꿇는다면 적어도 재판은 받게 해주겠다."

레인의 당당한 말에 데비슨 자작은 황당한 표정을 지었다.

지금 수백이 넘는 기사와 병사들에게 둘러싸여 있는 레인이다. 아무리 실력이 대단하다고 해도 자신이 손가락 하나 까딱거리는 순간, 목이 달아나는 것이다.

그럼에도 저딴 소리를 할 수 있는 걸 보면 뭔가 믿는 구석이 있거나 앞뒤 분간하지 못하는 멍청이라는 소리였다.

그때 파이론이 말했다.

"더 이상은 의미가 없겠지.. 이제 마무리하도록 하라."

"예? 아, 알겠습니다."

데비슨 자작 역시 내심 원하고 있던 터라 그는 명령을 망설이지 않았다.

"바일즈, 저 멍청한 녀석의 목을 베어오너라."

기사단장 바일즈는 주변에 있는 기사들을 불렀다.

곧 호명을 받은 기사 열 명이 검을 빼 든 채 앞으로 나섰다.

레인은 뒤를 돌아보며 광산 노예들에게 말했다.

"너희들은 타리우스 론 바스타 자작과 라프칸을 지키도록."

갑작스러운 명령에 깜짝 놀랐지만 노예들은 순순히 라프칸과 타리우스를 둘러쌌다. 그리고 결사의 표정으로 곡괭이를 움켜쥐었다.

고개를 돌린 레인과 파이론의 시선이 마주쳤다.
파이론은 빙긋 웃었다.
이제 어떻게 할 거냐는 의미 같았다.
레인도 빙긋이 웃어주며 페르나팍스를 내밀었다.

쿠구구구구궁!
레인의 손에 들린 황금패가 요란하게 진동하고 있었다.
찬란한 금빛이 환하게 뿜어졌다.
"으읔."
데비슨 자작은 차마 정면을 보지 못하고 눈을 질끈 감았다.
그럼에도 바닥에서 전해지는 울림이 선명했다.
"페르나팍스."
황금빛이 레인의 몸을 휘감았다. 그리고 그 빛은 점점 손으로 모여들고 있었다.
"게이트 오픈. 소환."
공간을 울리는 우렁찬 외침.
번쩍.
황금빛은 나타날 때와는 반대로 순식간에 사라졌다.
"대체 뭐야?"
"무슨 일이 벌어진 거지?"
기사들은 겨우 눈을 깜빡이며 앞을 볼 수 있었다.

그건 데비슨 자작 역시 마찬가지였다.

'제길, 마법인가?'

억지로 인상을 찌푸리며 앞을 보는 순간, 데비슨 자작은 깜짝 놀랐다.

휴우우우우.

바람이 불고 넓은 공간이 드러났다.

황금 갑옷으로 무장한 오십 명의 기사가 나타났다.

기사들은 검을 앞으로 세운 채 하나같이 대단한 기세를 뿜어내고 있었다.

그때 데비슨 자작의 눈에 갑옷의 가슴에 있는 문양이 들어왔다.

용맹한 황금 사자였다.

테일론 황실의 상징이자 황제를 지키는 절대 무적의 로열가드, 그들의 가슴에만 새길 수 있는 바로 그 문양.

"서, 설마?"

데비슨 자작의 몸이 떨리기 시작했다.

만약 자신의 생각이 맞는다면 승산은 없었다.

기사단장 바일즈만이 겨우 4클래스에 도달한 수준. 하지만 로열가드는 최소 5클래스가 되어야 가능했다.

바일즈 같은 녀석이 열 명은 되어야 겨우 로열가드 하나를 상대할 수 있다는 말이었다.

그런 로열가드가 얼핏 보아도 수십 명.

데비슨 자작은 당장에라도 바닥에 주저앉고 싶었다.

"우리는 황제의 검, 마스터의 명령에 따라 오직 검을 휘두를지니!"

붉은 수실로 머리 장식을 한 기사가 외치자 로열가드들이 복창했다.

"마스터여, 명령을 내리소서!"

그 우렁찬 외침에 데비슨 자작의 기사들은 넋이 나가 버렸다.

레인이 데비슨 자작을 가리켰다.

"황실의 반역자인 데비슨 자작을 잡으라. 그리고 그 옆에 있는 바일즈 기사단장도 죽여선 안 된다."

"명령을 받습니다."

"그리고……."

레인은 데비슨 자작의 뒤에 있는 기사들을 쳐다봤다.

"기사도를 잃어버린 기사들은 쓸모가 없다. 그리고 무기를 버린 병사들은 내버려 두도록."

"명령을 받습니다."

붉은 수실의 기사가 정면을 쳐다봤다.

커다란 바스타드 소드가 하늘로 치솟았고, 황금색 오러가 일렁거렸다.

"로열가드들이여, 나를 따르라!"

붉은 수실의 기사가 소리치며 앞으로 달려나갔다.

레인의 목을 베기 위해 나섰던 열 명의 기사는 어찌할 바를 모른 채 당황해했다.

그 앞에 붉은 수실의 기사가 나타났다.

번쩍.

황금빛이 공간을 갈랐다.

동시에 열 개의 머리와 잘려진 검이 하늘로 치솟았다.

핏줄기를 뿜어내며 떨어지는 머리들이 바닥에 닿기도 전, 로열가드들은 이미 그들의 육체를 넘어서고 있었다.

남은 건 살육뿐이었다.

"이제 우리 차례인가?"

파이론은 태연히, 그리고 약간은 찌푸린 얼굴로 레인을 본 뒤 주위를 둘러봤다.

데비슨 자작의 기사들은 기사란 말이 무색할 정도였다.

뒤쪽에 있는 병사들을 무참히 짓밟으며 오직 자신의 목숨을 건지기 위해 사방으로 흩어지고 있었다.

하지만 그건 부질없는 짓이었다.

로열가드의 검이 움직일 때마다 기사들의 몸에서 피가 뿜어져 나왔다.

파이론은 차가운 표정으로 그 광경을 머리에 담았다.

"무기에 필요한 광석이 아니었다면 굳이 손잡을 가치도 없는 녀석들이었군."

파이론은 그렇게 말하며 오른손을 천천히 들었다가 떨치듯 휘둘렀다.

스르르륵.

순식간에 파이론의 모습이 바뀌었다.

눈이 약간 찢어진 날카로운 인상이었고, 나이는 대략 40대 정도로 보였다. 특이한 점은 짙은 밤색의 머리카락에 같은 색의 콧수염을 길게 기르고 있다는 거였다.

약간 마른 듯한 신체는 검은 로브로 가렸고, 완전히 모습을 드러낸 두 팔 위로 복잡한 마법진이 문신처럼 그려져 있었다.

레인이 반지를 통해 얼굴과 신체 일부를 변형하는 것과 달리 완벽한 변신이었다.

"역시 마법사인가?"

레인의 말에 파이론은 가볍게 고개를 끄덕였다.

"우선 이름을 묻고 싶군."

"다크 폰 로열."

파이론은 손가락을 좌우로 저었다.

"내가 아는 귀족 중에 로열이라는 성은 없어. 필시 가명일 테지. 어쩌면 철없는 황자가 장난삼아 지은 이름일 수도."

너무도 예리한 지적에 레인은 약간 황당함을 느꼈다.
"다시 묻겠다. 이름을 말해줄 수 있나?"
잠시 망설이던 레인이 고개를 끄덕였다.
"레인 반 로헬."
"역시 로헬 백작 가문이군."
순간 파이론의 눈이 번뜩거렸다.
레인은 파이론에게서 느껴지는 분위기에 그가 뭔가를 알고 있다고 생각했다.
"로헬 백작가에 대해 잘 아는 모양이군."
"누구보다 잘 알지. 어쩌면 세상에서 가장 잘 안다고 할 수 있고."
파이론은 미소를 지으며 손등을 드러냈다.
뒤집혀진 세계수와 검을 불꽃이 선명하게 나타났다.
"카오스 스톰?"
레인의 눈빛이 흔들렸고, 반대로 파이론은 미소를 흘렸다.
"네가 앞으로 지겹게 듣게 될 이름이지."
말이 끝남과 동시에 파이론이 두 팔을 교차시켰다.
화르르륵.
맹렬히 타오르는 화염 덩어리가 순식간에 나타났다.
파이론이 손을 앞으로 뻗었다.
동시에 레인의 몸이 앞으로 기울더니 바닥을 스칠 듯 쏘아져 나갔다.

콰콰쾅!

엄청난 폭음과 열기가 등 뒤에서 느껴졌다.

레인은 개의치 않고 공격을 시도했다.

세 개의 붉은 섬광이 파이론이 있던 자리에서 피어났다.

예측을 했는지 파이론은 위로 뛰어올라 공격을 피했다. 하지만 완벽하진 않아 가슴의 옷자락이 길게 갈라져 있었다.

"성질도 급하군."

"먼저 시작한 건 당신이야."

파이론이 착지할 위치를 향해 레인이 움직였다.

하지만 파이론은 여전히 허공에 떠 있었다.

"난 마법사라고."

파이론의 두 손이 레인을 향했다.

우르르르릉!

발밑이 거칠게 흔들리더니 한 무더기의 흙이 치솟아올랐다.

레인이 깜짝 놀라 뒤로 물러나는 사이, 흙은 서서히 형체를 갖추었다.

"골렘?"

"그 정도면 적당할 것 같은데."

흙으로 된 인형은 레인과 같은 모습으로 변하더니 두 개의 단검을 들고 자세를 취했다.
 순간 레인이 몸을 틀었고, 붉은 섬광이 떨어졌다.
 단숨에 쪼개진 흙 인형은 그대로 흩어지고 말았다.
 "이런 장난질 따위……."
 레인은 입을 다물어야 했다.
 주위의 바닥에서 수십 개의 흙 인형이 일어서고 있었던 것이다.
 레인은 날카로운 눈빛으로 파이론을 쳐다봤다.
 "미안하지만 할 일이 있어서."
 파이론의 손바닥이 하늘로 향했다.
 후우우웅.
 대기의 마나가 파이론을 중심으로 몰려들고 있었다.
 회오리치듯 모인 기운은 손바닥 위에서 구체를 만들었고, 환한 빛을 머금고 있었다.
 "설마?"
 레인은 막대한 마나의 요동을 확실히 느끼고 있었다.
 두려울 정도의 기운이었다.
 그때 수십 개의 흙 인형이 완전한 형체를 만들어 레인을 향해 달려들었다.
 "데이트는 다음으로 미루도록 하지."
 파이론의 손이 병사 무리를 향해 움직였다.

레인의 단검이 수십 개의 흙 인형을 조각낸 직후의 일이었다.

"안 돼!"

레인의 외침과 동시에 빛이 쏘아져 나갔다.

쿠아아아아앙!

엄청난 굉음과 함께 폭발이 일어났다.

그 중심에 있던 이들은 시체조차 남기지 못하고 증발해 버렸다.

데비슨 자작과 그의 심복들이었다.

CHAPTER 08
새로운 시작

"제길."

레인은 이를 악물었다.

부릅뜬 눈에 보이는 건 처참한 잔해였다.

로열가드들이 나타난 직후, 아니, 정확히 말하면 기사 열 명의 머리가 허공으로 치솟자마자 데비슨 자작은 싸움을 포기했다.

후퇴 명령이 떨어진 후 바일즈는 데비슨 자작을 보호하며 병사들 사이로 뛰어들었다.

그럼에도 탈출은 쉽지 않았다.

길은 좁았고, 병사들은 빽빽하게 늘어서 있었다.

얼핏 봐도 이천 명이 넘는 숫자였다.

혼란스러운 가운데 그 인간의 장벽을 돌파하는 건 그야말로 어려운 일이었다.

파이론은 그 중심을 향해 마법을 날렸다.

단 한 방.

하지만 그 일대를 쑥대밭으로 만들기에는 충분했다.

데비슨 자작과 바일즈 기사단장, 그리고 그의 심복이라고 할 수 있는 스무 명의 기사는 흔적도 없이 녹아내렸다.

같이 말려든 병사 수십 명도 함께.

그나마 다행인 점은 엄청난 폭음과 열기, 그리고 비명도 없이 사라진 그들 때문에 싸움이 멈췄다는 것이다.

그만큼 충격적인 광경이었다.

곧 백여 명도 남지 않은 기사들은 검을 내려놓았고, 병사들도 바닥에 무릎을 꿇었다.

"찝찝해."

레인은 내키지 않는다는 표정을 지었다.

하지만 일은 일.

상황은 순식간에 정리되고 있었다.

"하아, 정말 엄청나군."

레인은 고개를 절레절레 흔들었다.

데비슨 자작이 죽으면서 단서가 사라졌다.

아니, 비밀은 밝혀졌다고 할 수 있었다.

파이론, 그가 보여줬던 문신은 분명 카오스 스톰이라는 단체의 상징이었다.

하지만 그것과 데비슨 자작의 일이 어떤 관계인지는 전혀 파악할 수 없었고, 음모를 꾸몄던 진짜 이유조차 확인이 되지 않았다.

레인은 데비슨 자작의 세 저택을 수색했다.

다행히 성과는 있었다.

죄를 감해준다는 말에 데비슨 자작의 측근이었던 기사들은 서둘러 정보를 토해냈고, 그걸 토대로 저택의 지하를 뒤진 결과 수많은 서류를 발견할 수 있었다.

"정말 욕심도 크다."

데비슨 자작의 재산은 엄청났다. 광산도시 페우라의 상점 중 삼분의 일 이상이 그의 소유였고, 삼분의 일이 그에게 빚을 지고 있었다.

나머지 삼분의 일은 돈도 안 되는, 그래서 겨우 입에 풀칠만 하고 있는 작은 상점들이었다.

또한 정당하게 세금을 거두는 한편 뒷골목 조직들을 동원해 보호세까지 거두어들이고 있었다.

"그놈 이름이 라버트라고 했던가?"

자신에게 약을 먹여 광산에 넘긴 녀석이다.

레인은 서류를 책상에 던진 뒤 손가락을 튕겼다.

그걸 신호로 밖에서 대기하고 있던 기사 둘이 잽싸게 튀어 들어 왔다.

"라버트란 놈이 있다. 잡아오도록."

레인은 그 말을 끝으로 푹신한 의자에 몸을 묻었다.

라버트는 술을 진탕 마시고 쓰러졌다.

눈을 떠보니 기사들이 있었고, 영문도 모른 채 끌려와 내팽개쳐졌다.

레인은 맞은편 의자에 앉아 웃으며 아래를 내려다봤다.

막 고개를 들던 라버트는 레인과 눈이 마주치자 재빨리 무릎을 꿇으며 고개를 숙였다. 본능적으로 레인이 대단한 사람이란 걸 알아차린 것이다.

"저, 저는 아무 잘못도 없습니다."

라버트는 찔리는 게 많은지 묻기도 전부터 벌벌 떨었다.

"잘못한 게 없다 이거지?"

"예, 그렇습니다."

"그럼 고개를 들어봐."

눈치를 보던 라버트는 슬금슬금 고개를 들었다.

"헉!"

라버트의 머리가 순식간에 바닥에 떨어졌다. 그리고 대꾸할 말도 찾지 못하고 벌벌 떨기만 했다.

"잘못한 게 없다면서?"

"저, 그게, 그게 말입니다."

"됐고, 고개 들어!"

레인이 버럭 소리치자 라버트는 반사적으로 고개를 들었다.

거기에는 자신이 술을 먹여 광산으로 보냈던 용병이 있었다. 그것도 아주 즐거운 듯한 미소를 지으며 말이다.

라버트는 대체 무슨 일이 벌어진 건지 감을 잡지 못했다.

여기는 데비슨 자작의 저택이다.

자작도 보이지 않았고, 사촌형 바일즈 기사단장도 보이지 않았다. 더군다나 자작이 아끼는 의자에 왜 저 용병이 있는지 도저히 이해할 수 없었다.

사실 레인이 일 처리를 하는 동안 비밀을 엄수했기에 아직 데비슨 자작의 죽음이 알려지지 않은 상황이었다. 그러니 라버트가 뒷골목을 주름 잡는다고 해도 돌아가는 상황을 알 리가 없었다.

"다시 묻겠다. 정말 잘못한 게 없나?"

"정말 죄송합니다. 전 그냥 아무것도 모르고 시키는 대로

새로운 시작 181

만 한 것뿐입니다."

"그래? 그럼 좋아. 봐주지."

갑작스러운 말에 라버트는 깜짝 놀라 고개를 들었다.

다시 레인이 말했다.

"이번에도 그렇게 말할 수 있다면."

갑자기 레인의 모습이 흐릿하게 보이더니 얼굴이 바뀌기 시작했다.

처음 광산도시 페우라를 찾을 때, 보다 정확히 말하면 숲길을 헤맬 때의 모습이었다.

"컥."

라버트는 다시 고개를 박고 바들바들 떨었다.

자신이 산적 흉내를 냈을 때, 뭐가 번쩍하면서 기사들을 불러낸 바로 그 용병이다.

다시는 기억하고 싶지 않은 그런 상대인 것이다.

레인은 살짝 인상을 일그러뜨리며 버럭 고함을 질렀다.

"뭐? 늙으신 어머니와 토끼 같은 자식들이 있어?"

"아, 아니, 그게 아니라……."

"먹고살기 힘들어서 산적질을 했다고?"

"정말 그게……."

뭐라고 변명을 해야 하는데 돌 같은 머리는 꼼짝도 하지 않았다.

레인은 혀를 차며 고개를 돌렸다.

"내가 뭐라고 했지? 착하게 살라고 하지 않았나?"

"그, 그러셨습니다."

라버트는 눈치를 보며 살짝 고개를 들려 했다.

"그런데, 착하게 산다는 놈이 술에 약을 타? 확 그냥 수염을 다 뽑아버릴까 보다."

레인이 갑자기 성질을 내자 라버트는 깜짝 놀라며 다시 머리를 숙였다.

쿠웅.

힘 조절을 잘못한 모양이었다.

그 모습을 본 레인은 웃음을 참았다.

라버트는 머리가 어지러운데도 억지로 버티고 있었다. 그러다 정신이 번쩍 드는 말을 들었다.

"그때 말했다시피 나는 황실에서 파견 나온 감찰관이다. 이름은 다크 폰 로열. 그러니 마음만 먹으면 당장 네 녀석의 목을 매달 수 있지."

술김에 했던 이야기가 자신의 이야기였을 줄은 꿈에도 생각하지 못했다.

"죄송합니다."

"단, 내 일에 협조한다면 없는 일로 해줄 수 있다."

"저, 정말이십니까?"

"내가 너 따위한테 거짓말을 할 이유가 있나? 그냥 확 엎어 버리면 되는데?"

라버트는 그 말이 사실이란 걸 확실히 깨달을 수 있었다.

지금 저 감찰관은 데비슨 자작의 기사들을 확실하게 부리고 있었다. 이전 같으면 눈인사라도 하고 넘어갈 기사들이 그의 말에 꼼짝도 못하고 있는 게 바로 그 증거였다.

"네가 알고 있는 모든 정보를 토해내라."

"성심성의껏 임하겠습니다."

라버트는 바들바들 떨며 고개를 숙였고, 레인은 자리에서 일어났다.

"이거 정말 의외로군."

레인은 라버트에게서 그리 대단한 정보를 얻으리라고는 기대하지 않았다.

하지만 성과는 예상보다 훨씬 좋았다.

라버트는 바일즈에게 불만이 많았다.

또한 바일즈의 영향을 받아 자신을 무시하는 기사들에게도 불만이 있었다.

그래서 라버트는 언젠가 기회가 된다면 복수하기 위해서 기사들의 비리를 조사하기 시작했다.

어차피 자신의 수하들이 뒷골목을 장악한 이상, 그들의 행동을 파악하는 건 쉬운 일이었다.

기사들은 음식 값과 술값을 지불하는 일이 없었다. 자기들 세상을 만난 것처럼 계집을 끼고 놀았고, 마음에 들지 않는다고 행패를 부리는 것도 흔했다.

특히 뒤로 빼돌린 뇌물은 엄청나 그것만으로도 광산도시가 몇 달은 유지될 정도였다.

라버트가 넘긴 두툼한 서류는 거의 책이라 해도 좋았고, 기사들과 병사들의 비리가 빼곡하게 적혀 있었다.

"정말 썩었군. 뭐, 겸사겸사 처리한다 치고, 의외의 수확은 이거란 말이야."

레인은 또 다른 서류를 넘겼다.

"그러니까 남쪽 상가 다섯 군데의 지하실하고, 서쪽 상가 열두 군데의 창고 이거지. 거기다……."

라버트는 광산 노예들이 도시에 감춰두었던 광석의 소재를 모두 파악하고 있었다.

직접 움직일 수 없었기에 리블은 서류로만 알고 있었던 것이다.

데비슨 자작과 바일즈는 그 광석을 옮겨 다른 창고에 숨겼었다. 하지만 두 사람이 죽는 바람에 자세히 파악하기 힘든 상황이었다.

"정말 보통이 아닌데?"

만약 페우라에 있는 광석들과 노예들이 숨겨놓은 광석을 합치면 기사 삼천 명 정도를 무장시킬 수 있는 분량이었다.

　그것도 상급의 철로, 전신 갑옷을 했을 때 말이다.

　즉, 병사용 무기로 만든다면 만오천 명에서 이만 명 가까이를 무장시킬 수 있는 분량인 것이다.

　기사의 갑옷에서 나오는 철이면 병사로는 다섯 배 이상이 나온다는 게 정설이었으니까.

　"이 정도라면 최소 백작령 이상의 영지를 무장시킬 수 있는 양이군."

　어느 정도는 이해가 되었다.

　데비슨 자작이 광산을 운용한 건 십오 년이었다. 처음부터 비밀로 광산 노예들을 돌리지 않았을 거라 판단해도 최소 십 년 이상이었다.

　타리우스에게 듣기로 노예가 되면서부터 탈출을 준비했다고 했으니 그 정도 기간 동안 빼돌렸다는 게 된다.

　"문제는 이 광석들을 어디로 보내려 했다는 건데?"

　아무리 서류를 뒤져 봐도 나오는 게 없었다.

　레인은 한참을 고민했지만 결국 포기하고 말았다.

　"에라, 몰라. 이런 건 황실에서 나온 수사관들이 알아서 하겠지."

　레인은 그대로 벌렁 드러누웠다. 그러다 뭔가가 생각난 듯

소리쳤다.

"아차, 오늘 수사관들이 온다고 했지!"

며칠 정신없이 움직이는 바람에 날짜 관념이 사라졌다.

마침 레인이 몸을 일으키는 그때 기사들이 문을 노크했다.

"테일론 황실에서 사자가 왔습니다."

레인은 고개를 끄덕이며 밖으로 나갔다.

파악한 정보는 모두 트라시온에게 전해졌으니 결정 역시 그가 내릴 것이다.

감찰관에게는 즉결 처분할 권리가 있지만 사건의 뒤처리는 결국 황실에서 해야 할 일이니까.

레인은 저택의 정원에 들어서자마자 깜짝 놀랐다.

대략 오십 명 정도 있었는데, 스물 명 정도는 조사관이나 행정관으로 보였고 서른 명 정도가 기사였다.

로열가드 바로 아래에 있는 백은의 기사단.

바로 황자들에게 딸린 기사들이었다.

문제는 그게 아니었다.

기사들 사이에 미처 확인하지 못한 수십 명이 무릎 꿇고 있었다.

모두 굵은 밧줄에 묶여 있었는데, 바로 타리우스와 라프칸, 리블을 비롯한 광산 노예들이었다. 특히 각 광산의 대표와 조장들은 두려움에 떨고 있었다.

새로운 시작

레인은 불쾌했지만 이유가 있을 거란 생각에 일단은 따지지 않았다.

그때 가장 나이가 많은 반백의 중년인이 고개를 숙였다.

"저는 클로이드 론 헤이츠입니다. 다크 폰 로열 공작을 뵙게 돼서 영광입니다."

레인이 감찰관일 때는 공작의 작위를 가지고 있었다.

클로이드가 자작에 준하는 직위를 가지고 있었으니 예의를 지키는 게 당연했다.

"오시느라 수고가 많았습니다."

레인이 손을 내밀자 클로이드도 손을 내밀었다.

곧 클로이드는 둥그렇게 말린 편지를 레인에게 전했다.

"로일드 폰 테일론 황제 폐하의 친필 서신입니다."

레인은 조심스럽게 편지를 펼쳤다.

'쳇, 친필은 무슨, 딱 봐도 트라시온이 쓴 건데.'

레인은 내심을 감추고 내용을 살폈다.

그건 편지라기보다 공식적인 명령서에 가까웠고, 레인은 인상을 찌푸리고 말았다.

"짐은 그대의 보고를 잘 받았다. 테리븐 론 바스타 자작의 일은 짐으로서도 심히 유감스러운 일이며……."

말은 길었지만 결론은 짧았다.

기존 페우라의 광산과 마찬가지로 노예들이 운용하던 광산까지 황실의 재산에 포함시킬 것이며 이전처럼 채광을 계속한다.

 '하긴 어쨌든 페우라 광산에 속해 있으니…….'
 레인은 약간 씁쓸한 기분이 들었지만 이치상으로 따지면 이 결정은 지극히 당연했다.
 레인을 짜증나게 만든 건 바로 그다음의 내용이었다.

 황실에서 테리븐 자작의 죽음을 명확하기 밝히지 못한 일이 있는 바, 타리우스와 라프칸에게 바스타 자작가의 정당한 계승자임을 공표하겠다.
 하지만 알려지지 않았다고 하나 그들 역시 황실의 광산을 무단으로 채굴했고, 광석을 부당하게 빼돌렸다.
 그 죄는 무척 크다.
 그들은 특별한 조치가 취해지기 전까지 광산도시 페우라를 벗어나지 못한다.

 "이게 대체 무슨 소리야!"
 레인은 버럭 소리치고 나서 클로이드를 비롯한 이들이 자신을 쳐다보고 있음을 깨달았다.
 "제길."

레인은 다시 편지를 살폈다.

광산 노예들 역시 마찬가지다. 그들의 사정은 이해하나 국법은 지엄한 것. 테일론 황실의 재산은 제국의 재산이니 그걸 무단으로 사용하려 한 죄는 크다.
이에 광산 노예들의 신분은 새로운 영주가 판결을 내리기 전까지 이전과 동일함을 알려준다.

레인은 와락 편지를 구기려 했지만 보는 눈이 있어 억지로 참았다.
그러다 마지막에 있는 추신이 들어왔다.

그 외의 일은 감찰관의 권한으로 적당히 알아서 하도록.
특별한 문제가 없다면 인정하도록 할 테니까.

"이런."
레인은 울컥 밀려오는 짜증에 편지를 진짜로 구겨 버렸다.
말은 번드르르 했지만 결과는 바뀐 게 없었다.
한마디로 광산을 계속 돌리고, 노예들도 계속 돌리고, 결정이 될 때까지 타리우스와 라프칸을 붙잡아놓겠다는 이야기였다.

레인의 반응과 반대로 클로이드는 깜짝 놀랐다.

황제의 편지는 황제가 직접 말하는 것과 같았다. 그걸 저렇게 처리하는 건 불경죄가 되는 것이다.

"다크 공작, 그건 황제의 편지입니다."

"그래서?"

레인이 버럭 소리 지르며 쏘아보자 클로이드는 움찔거렸다.

상대의 신분은 공작, 비록 공식적으로 인정한 건 아니었지만 황제의 임명이 있었다. 자신의 신분은 자작이었으니 이는 황실에 보고할 권리만 있을 뿐 처벌은 불가능했다.

대놓고 황실에 반역할 거라고 하지 않는 이상은 말이다.

레인은 인상을 찌푸리며 생각하다 클로이드를 쳐다봤다.

"그대도 여기에 있는 내용을 알고 있나?"

"예. 어느 정도는 알고 있습니다."

"그럼 결정권은 자네에게 있겠군?"

클로이드는 당황스러워하며 고개를 저었다.

"아닙니다. 저는 황제 폐하의 칙명이 지켜지는지를 확인하고 보고하는 일을 맡았습니다."

"호오, 그래?"

레인이 씨익 웃자 클로이드는 불길함을 느꼈다.

솔직히 기대를 안 했다면 거짓말이었다.

함께 온 이들 중 가장 작위와 직책이 높은 사람이 바로 자신이다.

수석행정관이며 자작의 작위를 가지고 있는.

클로이드는 잘하면 자신이 광산도시 페우라를 맡게 될지 모른다고 생각했다.

또한 함께 온 백은의 기사들은 영지 책임자에게 배속될 이들이었고, 나머지는 유능한 행정관리들이었다.

비록 그 숫자는 적지만 광산도시 페우라의 규모를 생각한다면 충분했다.

하지만 레인을 본 순간, 아니, 레인이 편지를 구겨 버린 순간부터 왠지 일이 틀어지고 있다는 생각이 들었다.

그런 레인이 웃으며 말했다.

"저들을 모두 풀어주도록."

기사들은 잠시 머뭇거렸지만 곧 명령에 따랐다.

풀려난 타리우스와 라프칸, 리블과 광산 책임자들은 조심스럽게 눈치를 살폈다.

레인은 클로이드에게 말했다.

"내 신분은 공작이다. 중요 직책이 아닌 한 백작의 작위까지는 수여할 수 있는 권한이 있지? 그렇지 않나?"

"그, 그렇습니다."

"그리고 황제의 명령서에는 바스타 자작가를 복권시켜 준다는 말이 있었다. 틀리나?"

"맞습니다."

클로이드는 뭔가 이상하게 돌아간다는 생각이 들었다.

"좋다. 다크 폰 로열 공작의 이름으로 타리우스 론 바스타 자작을 광산도시 페우라의 영주로 임명하겠다."

"예?"

클로이드는 또 한 번 놀라며 움찔거렸다.

"무슨 문제가 되는가?"

"그게 작위를 주는 것과 영지를 주는 건 엄연히 다릅니다. 또한 타리우스 론 바스타 자작은 광산도시를 떠날 수 없습니다."

레인은 빙긋 웃으며 고개를 끄덕였다.

"타리우스 자작이 광산도시를 떠나지만 않으면 되는 거잖아. 그리고 분명히 말했지만 난 타리우스 자작에게 영지를 내리는 게 아니라 페우라의 관리를 맡긴다고 했다."

"그, 그런 억지가……."

클로이드는 당황스러워했지만 따지고 들 수 없었다.

영지를 하사하는 건 황제의 권한이었다. 그리고 상위 귀족이 하위 귀족에게 영지를 하사하는 건 자신의 영지 내에서만 가능한 일이었다.

문제는 그게 아니었다.

사실 광산도시 페우라는 딱히 영지라고 하기도 애매한 상황이었다.

영지의 주요 생산품인 광석은 그대로 황실로 들어갔다. 그 대가로 적정량의 금액을 받아 도시를 운용했으니, 다른 영지들과는 성격이 많이 달랐다.

수석행정관인 자신이 봤을 때, 우기고자 들면 우길 수 있었지만 딱히 잘못됐다고 하기에는 곤란했다.

"나에게 그 정도의 재량권은 있는 걸로 아는데?"

잠시 고민하던 클로이드는 결국 고개를 숙일 수밖에 없었다.

"그렇… 습니다."

"그럼 그렇게 보고하라고."

레인은 클로이드의 어깨를 두드려 준 뒤 타리우스와 라프칸을 불렀다.

모든 이야기를 들은 타리우스와 라프칸.

두 부자는 말없이 눈물만 흘릴 뿐이었다.

그 뒤의 일 처리는 간단했다.

레인은 라버트를 비롯해 뒷골목의 조직원들을 일제히 잡아들였다.

또한 라버트의 서류를 증거로 죄질이 나쁜 기사들과 병사들을 감옥에 가두었다.

그들이 바로 광산의 새 일꾼들이었다.

비록 숫자는 이전보다 적었지만 체력이 튼튼한 만큼 충분한 생산량을 뽑아낼 수 있을 것 같았고, 이들을 광산으로 보내는 것에 큰 문제는 없었다.

반발하던 기사 스무 명이 레인이 꺼낸 서류에 적힌 죄로 인해 형장의 이슬로 사라진 뒤에는 말이다.

광산 노예가 된 기사들은 머지않아 자신들의 죄를 일러준 사람이 라버트란 걸 알아차릴 것이다.

라버트 역시 조직원들과 함께 있으니 쉽지는 않겠지만.

레인은 각 광산 책임자들과 리블을 불러들였다.

그런 다음 노예들을 파악해 성질이 더럽고 죄질이 무거운 자들을 모아 광산 하나를 맡겨 버렸다.

레인이 그들에게 말했다.

일정 생산량만 보장한다면 충분한 식사와 자유를 누리게 해주겠다. 대신 죽든 살든 거기서 알아서 해라.

그들은 그 결정에 만족했다.

더 이상 억압받지 않는다는 것만으로도 그들에게는 충분한 혜택이었으니까.

레인이 가장 괘씸하게 생각한 자는 바로 황실 광산의 관리자였다. 데비슨 자작의 행태를 알면서 보고조차 하지 않은 것이다.

레인은 그 관리자의 목을 치고 그 자리에 리블을 앉혔다.

그 외의 노예들은 황실에서 운용하던 광산으로 이동했다. 그곳은 정당한 대우를 받는 곳이었으며 시설이나 기타 다른 부분에서 월등하게 편했다.

또 억울하게 노예가 된 이들은 페우라의 주민으로 받아들이기로 했다.

"데비슨 자작이 씌웠던 빚을 모두 없앴고 세금을 낮췄으니 다시 도시는 이전처럼 돌아가겠지."

레인이 그렇게 모든 일을 정리하고 돌아갈 때가 되었다. 그래서 마지막으로 타리우스와 라프칸을 만나기로 했다.

"내일 떠납니다."

레인이 말하자 타리우스 자작이 다가와 고개를 숙였다.

"정말 고맙습니다."

"아, 아니… 괜찮습니다."

레인은 약간 당황스러웠다.

"전 이제 나이도 있고 해서 아들에게 바스타 자작 가문의 가주 자리를 넘기려고 합니다. 그래 봐야 이름뿐이지만 도움이 될 날을 기다리겠습니다."

그때 옆으로 다가온 라프칸은 더했다. 한쪽 무릎을 꿇으며 고개를 숙인 것이다.

상대는 자작에 불과하지만 그래도 귀족이었다.

그럼에도 무릎을 꿇는다?

이건 단순한 은인에게 하는 게 아니라 군신 간에만 있을 수 있는 예였다.

즉, 바스타 자작가는 다크 폰 로열 공작 가문에 속하기를 청하는 것이었다.

"저 라프칸 론 바스타는 다크 폰 로열 공작의 은혜를 잊지 않을 것입니다. 지금은 보잘것없으나 언제고 원하신다면 그대의 손발이 되길 주저하지 않겠습니다."

"그러실 필요까지는……."

레인의 만류에 타리우스가 나섰다.

"아뇨. 이렇게밖에 못해 드리는 게 오히려 죄송합니다."

레인은 더 말을 잇지 못했다.

타리우스에게서 가주의 자리를 받은 라프칸이다.

그의 말은 곧 바스타 자작가의 말과 같았다.

그런 라프칸이 자신에게 보일 수 있는 최고의 표시를 차마 무시할 수 없었다.

"알겠습니다."

레인이 고개를 끄덕이며 받아들이자 타리우스와 라프칸이 환하게 웃었다.

"그런데 묻고 싶은 게 있습니다."

"말씀하십시오."

레인은 선선히 고개를 끄덕였다.

"전에 저에게 레인 반 로헬이라고 하지 않으셨습니까?"

레인은 타리우스가 묻고자 하는 걸 파악할 수 있었다.

"분명히 그렇게 말했습니다. 저는 레인 반 로헬이며, 동시에 다크 폰 로열이 됩니다. 황실의 명령이 있을 때만요."

"그렇군요."

그 짧은 대화만으로도 타리우스는 많은 것을 알아차린 모양이었다.

백작이면서 공작이라.

이는 특별한 경우를 제외하면 있을 수 없는 일이었다.

그걸 돌려서 생각하면 이 레인이란 자는 황실과 밀접한 관계가 있다는 말이 된다.

아니면 황제의 사생아라던가.

타리우스는 자신의 짐작을 확인하기 위해 물었다.

"그럼 원래의 모습을 보여주실 수 있겠습니까?"

레인은 잠시 당황했지만 곧 고개를 끄덕였다.

"트랜스."

레인이 내민 손가락에서 빛이 났고, 서서히 모습이 바뀌기 시작했다.

중년의 용병 얼굴에서 주름이 사라지고 푸석푸석한 머리

카락이 검게 변했다. 동시에 약간 굽어졌던 허리가 펴졌고, 이내 탄탄한 근육이 드러났다.

곧 스물도 채 되지 않은 앳된 청년이 두 사람 앞에서 미소를 짓고 있었다.

타리우스와 라프칸은 멍청한 표정을 지어야 했다.

절대적인 권력과 압도적인 무력을 보인 다크 폰 로열 공작이었다.

그 정체가 한참이나 어린 청년이라는 게 무척 충격적인 모양이었다.

"그, 그게 본모습입니까?"

"예. 현재 로열 아카데미 일학년으로 있습니다."

"허, 허허, 거참."

타리우스는 헛웃음을 계속했다.

일단 검은 머리카락을 가진 이상 황제의 핏줄은 아니었다.

로일드 폰 테일론 황가의 혈통은 모두 탐스러운 금발을 가지고 있었으니까.

거기다 잘 이해가 되지 않는 게 있었다.

검은 머리카락은 무척 드물었다. 자신이 아는바 귀족 중에서는 없었고, 기껏해야 제국 남부 쪽의 일부 부족들에게나 있다고 들었던 것이다.

더군다나 이제 아카데미 일학년이라고 하지 않았는가?

새로운 시작 199

"정말 믿을 수 없군."

타리우스가 고개를 젓는 그때, 쿵 소리가 울렸다.

레인의 모습에 큰 충격을 받은 라프칸이 뒤로 넘어지면서 만든 소리였다.

* * *

"드디어 왔군."

클로이드는 기쁜 표정으로 서신을 받아 들었다.

이 서신은 자신이 보낸 보고서의 답장이자 새로운 명령서나 마찬가지였다.

솔직히 클로이드는 기대하고 있었다.

처음 광산도시 페우라에 보내졌을 때 자신의 신분과 직위가 제일 높았다. 그러니 자신이 새로운 영주가 될 수 있지 않을까 하는 생각도 했다.

하지만 레인에 의해 그 꿈은 무참히 박살 났다.

클로이드는 그런 이유로 황제에게 불만을 보고할 정도로 속이 좁은 남자는 아니었다.

보고는 자신의 임무였고, 최대한 공정하게 처리했다.

그럼에도 아쉬움이 남는 건 어쩔 수 없었다.

클로이드는 조심스럽게 겉봉을 뜯고 편지를 펼쳤다.

의외로 편지를 보낸 사람은 로일드 황제가 아닌 트라시온 황자였다.
"아무렴 상관이 없겠지."
클로이드는 만족스러운 표정을 지었다.
누가 봐도 다크 공작의 결정은 곤란했다. 그게 그대로 승인이 날 가능성은 무척 드물었던 것이다.
예상과 다르게 편지의 내용은 간단했다.

그냥 다크 공작이 시키는 대로 해.

CHAPTER 09
우울한 황자 트라시온

넓은 홀이었다.

정면의 단상에 커다란 의자가 있고, 커다란 체구의 거인이 앉아 있었다.

그는 팔걸이에 팔꿈치를 대고 손으로 턱을 괴고 있었다.

지극히 권태로운 듯한 표정이었다.

거인의 옆에 서 있는 날카로운 인상의 중년인이 되물었다.

"실패했다고?"

"예, 그렇습니다."

파이론은 여유있는 표정으로 대답했다.

중년인은 살짝 인상을 찌푸리더니 거인을 돌아봤다.

그는 조직의 마스터이자 위대한 핏줄이었다. 그리고 뛰어난 능력자이자 무서운 사람이기도 했다.

그런 마스터의 눈빛에 호기심이 깃들었다.

"이유가 있겠군?"

짧은 질문에 대답도 짧았다.

"테일론 황실에서 움직였습니다."

"흐음, 그러한가? 예상보다 빠르군. 적어도 올해는 지나야 움직일 줄 알았는데."

마스터는 그렇게 중얼거린 뒤 슬쩍 고개를 돌렸다.

중년인은 눈치껏 설명하기 시작했다.

"데비슨 자작에게 받기로 한 광석은 상당한 양입니다. 제대로 정제를 거칠 경우 기사 삼천 명 이상을 무장시킬 수 있습니다."

"조금 아깝군. 하지만 어떻게든 되겠지?"

중년인은 흠칫하더니 서둘러 대답했다.

"다른 방법을 찾아보겠습니다."

"좋도록 하라."

마스터는 천천히 고개를 돌려 파이론을 쳐다봤다.

"그래, 어떻던가?"

"생각보다… 재밌었습니다."

"호오! 재미있었다고?"

"예. 팔자에 없는 연기를 하는 것도 그렇고, 의외의 것을 보았으니까요."

파이론의 얼굴에 장난기가 어리자 중년인은 인상을 찌푸렸다. 하지만 홀의 주인은 오히려 관심을 기울이고 있어 차마 뭐라 할 수 없었다.

"자세히 말해봐라."

"아주 재밌는 장난감을 만들었더군요. 역시 트라시온이란 생각이 들었습니다."

파이론은 아주 간단하게 자신이 본 페르나팍스에 대해 이야기했다.

"역시 트라시온은 상상력이 풍부하군. 그런 물건을 만들어 내다니."

마스터는 빙긋이 미소를 지었다.

분위기가 이상하게 흘러간다는 걸 느낀 중년인이 나섰다.

"실패에 대한 책임은 어떻게 질 것이냐?"

"책임?"

파이론은 오히려 어이가 없다는 표정을 지었고, 중년인은 황당해했다.

솔직히 말하면 이번 일에 얼마나 많은 공을 들였던가?

기사 삼천 명을 무장할 만한 광석은 그리 구하기 쉬운 게 아니었다.

테일론 황실은 다른 세력들이 커지는 걸 막기 위해 무장에 필요한 철광석의 공급을 제한하고 있었다. 그런 상황에서 데비슨 자작의 철광석은 무척이나 귀한 것이었다.

최소한 테일론 황실에서는 모르고 있었으니까.

그런 중요한 일을 실패했으니 책임을 묻는 것이 당연한 것이다.

피식.

파이론이 웃자 중년인의 얼굴이 더욱 처참하게 일그러졌다.

그건 명백한 비웃음이었다.

"파이론, 네가 듀크라 하더라도 책임을 피할 수는 없을 거다."

파이론의 이마에 짙은 주름이 만들어졌다.

"말을 잘못하는군. 책임이라고 했나?"

"그렇다. 네가 실패했으니 당연한 것 아닌가?"

"멍청하긴."

순간 중년인은 자신의 귀를 의심해야 했다.

상급자에게 철저하게 복종하는 것이 조직의 룰이었고, 자신은 파이론보다 높은 위치였다. 아무리 파이론이 다섯 듀크 중 한 명이라고 해도 이런 모욕적인 말을 써선 안 되는 것이다.

중년인이 화를 내며 뭐라 하려던 순간, 파이론이 빨랐다.

"내가 실패한 일이다. 아니, 정정하지. 사소한 실수였다. 하지만 내가 아닌 당신이 그 자리에 있었다면 성공했을 거라 생각하는가?"

중년인은 멍해졌다.

자신이 임무를 맡았다면? 그리고 그 자리에 있었다면?

대답은 쉽게 나오지 않았다.

"이제야 깨달았다면 네가 얼마나 멍청한지 알겠지?"

파이론의 말에 중년인이 반박했다.

"그건 모른다. 하지만 이번처럼 아무것도 건지지 못하고 물러나는 일은 없었을 것이다."

"정말 그렇게 생각하나? 오십 명의 로열가드에 둘러싸인 상태에서 네 실력으로 데비슨 자작을 처리할 수 있다고?"

중년인은 또다시 입에 자물쇠를 채워야 했다.

언제나 임무의 최우선은 조직에 대해 알고 있는 자들의 입을 막는 것이었다.

테일론 황실에 절대적인 충성을 보이는 로열가드, 그들의 실력은 제국의 어떤 기사들보다 뛰어났다. 어지간한 공작가의 기사들도 최소 다섯 배 이상이 되어야 승부를 볼 수 있을까 하는 수준인 것이다.

그런 로열가드가 오십 명이면 데비슨 자작의 입을 막기는 커녕 겨우 빠져나오는 게 고작이다.
 결론을 내렸음에도 중년인은 물러설 수 없다고 생각했다.
 "하지만……."
 "그만. 파이론의 말이 맞다."
 마스터까지 거들고 나서자 중년인은 고개를 숙였다.
 "그 일은 그저 사소한 것에 불과할 뿐, 어차피 지나간 일에 미련을 가질 필요는 없다."
 "알겠습니다."
 중년인이 대답하자 마스터는 파이론을 쳐다봤다.
 "그건 그렇고, 찾는 일은 어떻게 됐느냐?"
 "다행히 때맞춰 정보를 입수할 수 있었습니다."
 마스터는 만족스러운 표정으로 웃었다.
 "그 물건의 소재는 로열 아카데미……."
 파이론의 말은 무척 조심스러웠다.
 이야기를 듣던 마스터는 몇 번이고 고개를 끄덕였지만, 중년인은 의심의 눈길을 거두지 않았다.
 그 물건을 찾기 위해 지금껏 이십 년을 넘게 투자했다.
 정보 길드도 키웠고 막대한 돈을 뿌렸다.
 그럼에도 찾지 못한, 아니, 존재조차 의심스러운 물건이었다.
 그걸 파이론이 찾았다고 했으니 쉽게 믿을 수 없었다.

"물론 확실한 건 아닙니다. 하지만 가능성은 충분한 것 같습니다."

파이론이 그렇게 끝을 맺었다.

마스터는 좀처럼 감정을 드러내지 않았다.

그럼에도 오늘은 몇 번이고 다양한 표정을 지었는데, 지금은 크게 놀라고 있었다.

마스터가 중년인을 쳐다봤다.

"이번 일은 그 아이에게 맡긴다."

"예? 페르제를 말씀하시는 겁니까?"

"그렇다. 이 일은… 마치 그 아이를 위해 준비된 것 같은 기분이 들어."

중년인은 의심스러운 눈빛으로 파이론을 쳐다봤다.

당연하게도 파이론은 미소만 짓고 있을 뿐이었다.

'도무지 속을 알 수 없어.'

중년인은 이 모든 게 파이론의 계략이 아닌가 싶었지만 딱히 뭐라고 지적할 방법이 없었다.

"그렇게 알리겠습니다."

"단, 서둘지 말라고 해라. 아직 시간은 충분히 남아 있으니까."

중년인은 다시 한 번 고개를 숙인 뒤 홀을 빠져나갔다.

그 뒤로 파이론의 웃음이 남아 있었다.

＊　　　＊　　　＊

갈 때와 다르게 수도 테일로드까지는 금방이었다.

레인은 충분한 휴식을 취하며 여유있게 수도에 도착했고, 하늘이 어두워지고 있었음에도 곧바로 황성으로 향했다.

어차피 길드 말고 갈 곳이 없었던 것도 있지만 트라시온과 빨리 결판을 내고 싶은 생각이 강했던 것이다.

이번에는 다행히 몰래 숨어들어 가지 않아도 되었다. 미리 연락이 되어 있었는지 외성 바깥까지 기사들이 마중 나와 있었던 것이다.

레인은 곧바로 황궁 파라시움으로 향했다.

트라시온은 레인을 보자마자 두 팔을 활짝 벌렸다.

"어서 와, 나의 형제여."

"황족을 사칭하면 사형이라죠?"

레인은 슬쩍 기사들을 보며 대꾸했다.

황자인 트라시온이 형제라고 했으니 황족이라고 오해할 수도 있었다. 하지만 기사들은 사실이 아님을 알았고, 그런 장난에 익숙했기에 표정은 태연했다.

"뭐, 사칭죄로 목을 매달기 싫으면 황족이 되면 되잖아."

"반역하란 말씀으로 들립니다."

트라시온은 장난스럽게 인상을 찌푸리며 손가락을 좌우로 까딱거렸다.

"노노. 레이나도 있고 도로시도 있는걸."

레이나는 트라시온의 여동생이고, 도로시는 사촌여동생이다.

결국 황족이 되라는 건 두 사람과 결혼하라는 소리.

레인은 크게 머리를 흔들었다.

언제고 자신도 결혼은 할 것이다.

남자에 관심 있는 건 아니니 당연히 여자와 하겠지만, 적어도 레이나와 도로시는 아니었다.

상상해 보라.

아무것도 모르는 사람들은 공주와 결혼했다고 부러워하겠지만 현실은 달랐다.

대체 공주가 남편을 위해 뭘 할 수 있겠는가?

기껏해야 뛰어난 요리사를 고르고, 안목있는 재봉사를 고르며, 살림에 뛰어난 집사를 고르는 게 전부였다.

또한 공주는 결혼한 뒤에도 공주였다.

아내가 아닌 공주를 모시고 산다는 게 얼마나 지독한 고문인지는 생각해 보지 않아도 알 수 있었다.

더군다나 황족의 경우 고귀한 명예 어쩌고저쩌고 하며 이혼을 하지 않으니, 아주 특별한 경우를 제외하면 평생 같이 살아야 한다.

 한마디로 죽음이 두 사람을 갈라놓기 전까지는 그 끔찍한 생활을 참아내야 하는 것이다.

 특히 어머니 세이렌에게 쥐여 살던 칸젤을 생각하면 절대 반대였다.

 "쯧쯧, 그렇게 눈이 높아서야……."

 오해를 한 트라시온이 고개를 저었다.

 "뭐, 눈이 높은 건 둘째 치고라도 공주는 취향이 아니라서 그럽니다."

 "공주가 취향이 아니라고? 레이나는 약간 빈약하지만 그래도 얼굴은 괜찮은데. 도로시는 아주 괜찮은 몸매를 가지고 있고. 흐음… 그럼 풍만한 스타일이 좋다는 말인데?"

 트라시온은 진심으로 자신이 아는 여자 중에 그런 사람이 있는지를 고민했다.

 "됐습니다. 관심없어요."

 레인은 크게 한숨을 내쉬며 단호히 거절했지만 트라시온은 끈질겼다.

 "자고로 영웅은 여자를 밝힌다고 했거늘."

 "지금 농담하자고 저 부른 겁니까?"

 레인이 버럭 고함을 지르자 뒤쪽에 있던 기사들은 갈등에 빠졌다.

황자에게 큰소리치는 녀석의 목을 베고 황족의 명예를 지키느냐, 지금껏 자신들을 골탕 먹였던 황자가 해결하게 놔두고 나중에 욕먹느냐는 것이었다.

하지만 트라시온 황자는 머리 위에 있었다.

"레인, 다른 사람도 아닌 황자가 이토록 매달리는데 그 정도도 못해준다는 말이야?"

"말이 되는 소리를 해야죠."

"아니, 결혼할 나이도 됐고, 다른 사람도 아닌 황자가 보증을 서고 맺어주겠다는데 왜 싫다는 거냐?"

레인은 트라시온의 눈을 정면으로 쳐다봤다.

장난기가 가득한 눈빛이었지만 그 속에는 뭔가가 이글거리고 있었다.

레인이 따지듯 물었다.

"정말 그것뿐입니까?"

"어? 아, 그래. 정말 그런 순수한 이유에서다."

다른 사람도 아닌 트라시온이 순간이나마 말을 더듬었다.

그건 정말 순수한 이유가 아니라는 증거였다.

트라시온 황자는 이런 인간이었다.

장난삼아 조르는 것 같아도 그 속에는 한없이 깊고 복잡한 계산들이 깔려 있었다.

만약 자신이 조금이라도 방심해 마음을 내비친다면 그대

로 낚이는 것이고, 그걸 빌미로 최소 십 년은 부려먹을 게 분명했다.

'당하는 것도 한두 번이지.'

어린 시절의 일이 아니었다면 분명 트라시온의 진심(?)을 오해했으리라.

"됐습니다. 그런 이야기 더 하시면 저는 이대로 돌아갈 겁니다."

"아, 알았어. 그만하지."

트라시온은 다시 환하게 웃으며 레인을 와락 끌어안았다.

"왜 이러십니까?"

레인은 당황해했고, 기사들은 고개를 돌린 채 크흠 하며 헛기침을 했다.

"잘했어, 아주 잘했어."

"아, 그거야 뭐… 운이 좋았습니다."

레인이 더듬거리며 말하자 트라시온이 귓가에 속삭였다.

"고마워."

"예?"

레인이 미처 파악하기도 전에 트라시온이 떨어졌다.

"아! 그리고 그거 말인데."

"예? 아, 예. 그, 그거요."

트라시온이 기사들을 향해 나가란 손짓을 했다.

기사들은 '뜨거운 밤 보내십시오'란 눈빛과 '이건 좀 곤란한데'라는 표정을 지으며 밖으로 나갔다.

트라시온은 가장 편해 보이는 소파에 털썩 주저앉았다.

레인도 당연하다는 듯 맞은편에 앉자 트라시온이 본론을 꺼내었다.

"그래, 어땠어?"

"정말 의외의 일이 많았습니다."

레인은 자신이 겪었던 일을 솔직히 말했다.

성문의 입구에서, 술집에서, 광산 노예로 지내면서 있었던 이야기들을 들으면서 트라시온의 표정이 점점 굳어졌다.

레인은 곧 데비슨 자작과의 대화와 자신이 파악한 것과 짐작하는 것을 말했다.

"흐음, 그랬단 말이지?"

트라시온은 생각에 잠긴 듯 눈을 감았다가 한참 뒤에야 입을 열었다.

"그래, 마무리는 어떻게 됐지?"

"시키는 대로 했습니다만, 왜 그런 조치를 취하라고 한 겁니까?"

레인이 묻자 트라시온이 눈을 떴다.

"넌 그 광산 노예, 아니, 타리우스 바스타 자작을 믿을 수 있나?"

"예? 그게 무슨 말씀이신지?"

"그 타리우스가 진짜 타리우스인지, 아니면 기회를 틈타 거짓말을 한 자인지 알 수 있냐는 말이다."

레인은 잠시 망설이다 리블과 파이론에 대해 말했다.

두 사람이 그런 확신이 없었다면 타리우스와 라프칸과 함께할 이유가 없었으니까.

"제 생각은 확실하다고 생각합니다."

"네가 그렇다면 그런 거지. 하지만 그건 단지 네 생각이고 내 입장은 달라. 확신이 들 때까지 조사를 해야 하고, 그러기 위해서는 시간이 필요하지. 그래서 페우라를 벗어나지 못하게 한 거야."

"그렇군요."

깊게 생각할 것도 없이 트라시온의 말이 맞았다.

이후 몇 마디 말을 더 나눠보니 그 조치에 대해서는 전혀 문제가 없었다.

거기다 트라시온은 자신이 미처 생각하지 못한 부분까지 지적을 했다.

"넌 현장에 있으니 분위기를 알겠지만, 난 네 보고서만 가지고 판단할 수밖에 없어."

"예, 알고 있습니다."

"그리고… 네 결정은 적절했다."

처음에는 트라시온의 조치에 반발심이 일었다. 하지만 황성에 오고 난 뒤, 자신이 무단으로 정한 일에 대해 약간 불안해졌다.

지금 느낀 감정은 안심이었다.

트라시온의 표정이 밝아지자 분위기도 달라졌다.

"그나저나 역시 황실이 있는 테일로드와 다른 영지들은 다르구나."

"아무래도 그렇겠죠."

트라시온은 황자였다. 그러니 당연히 제왕학을 비롯한 많은 공부를 했을 것이고 그만큼 아는 게 많았다.

하지만 역시 트라시온은 황자였다.

갈 수 있는 곳보다 갈 수 없는 곳이 많았다. 아니, 정확히 말하면 마음먹으면 언제든, 어디든 갈 수 있지만 그마저도 많은 반대에 부딪쳐야 하는 신분이었다.

직접 영지를 돌아보고 싶지만 쉽지 않은 것이다.

트라시온은 자리에서 일어나 창가로 향했고, 레인이 그 옆에 섰다.

황궁 파라시움의 내성과 외성이 보였고, 그 너머로 테일로드의 정경이 활짝 펼쳐져 있었다.

테일로드는 애초부터 모든 게 계산되어 지어진 유일한 장소이자 수백 년의 역사를 이어갈 수 있게끔 철저하게 만들어진 요새 도시였다.

 수백만 명의 대군이 몰려와 포위를 한다고 해도 삼 년은 버틸 수 있는 그런 도시인 것이다.

 그 때문에 도시의 건물은 반듯하고 깨끗했다.

 어둠이 짙게 내려선 지금, 도시는 수천, 수만 개의 불빛으로 물든 상태였고, 황궁 파라시움에서 보는 광경은 정말 아름답다는 말도 부족할 정도였다.

 "생명의 양초라는 이야기를 아나?"

 갑작스러운 질문이었지만 레인은 고개를 끄덕였다.

 "하나의 양초가 한 사람의 수명을 나타낸다는 내용이었죠."

 "그래, 맞아. 불이 켜질수록 양초가 줄어들고, 마지막에 불꽃이 꺼지면 그 사람은 죽는다는 그런 이야기였지. 그런데 말이야."

 트라시온은 긴 한숨을 내쉬었다.

 "만약 저 불빛들이 수도 테일로드의 생명의 양초라면 과연 얼마나 갈 수 있을까?"

 "글쎄요? 적어도 대륙의 역사에는 천 년 이상을 이어간 제국은 없습니다."

 "그건 나도 알아. 내가 묻는 건 다른 거잖아."

 트라시온이 돌아보자 레인은 머리를 긁적거렸다.

"저게 생명의 양초라면 적어도 만 년은 가겠군요."

트라시온은 다시 창밖으로 시선을 돌렸다.

장난기 가득한 눈빛은 사라지고 진심만이 머물고 있었다.

"제국이… 과연 그렇게 될 수 있을까?"

갑작스러운 질문은 대답을 원하고 있지 않았다.

스스로에게 다짐을 구하는 듯한 질문이랄까?

그럼에도 레인은 대답했다.

"글쎄요. 당장은 힘들겠지만, 노력한다면 언제고 되지 않을까요?"

"그렇겠지?"

약간은 씁쓸한 목소리였다.

레인이 겪은 일을 이야기로만 들었으니 실감은 못하겠지만, 그것만으로도 충격적이었다.

물론 트라시온도 자신의 현실과 백성들의 현실이 다르다는 건 알고 있었지만, 레인에게서 들은 건 그 이상인 것이다.

"자자, 이제 그만 심각해지고, 우린 할 일이 있어."

트라시온의 목소리가 경쾌하게 바뀌었고, 벽난로를 향해 레인을 이끌었다.

한여름이니 불꽃은 없었고, 재조차 깔끔하게 정리된 상태였다.

트라시온은 신나는 표정으로 벽장 위쪽에 있는 벽돌을 두드렸다.

우우우웅.

갑자기 벽난로 안쪽에 통로가 생겼다.

"비밀 통로… 인 겁니까?"

"그래, 재밌을 것 같아서 조심스럽게 만들었지. 따라오라고."

트라시온이 손을 잡아끌자 레인은 마지못해 딸려갔다.

아까의 우울한 눈빛을 생각하니 잠깐 동안은 그의 기분을 맞춰줘야겠다는 생각 때문이었다.

그건 정말 큰 실수였다.

좁은 벽난로였지만 안으로 들어가자 딱 두 사람이 설 만한 공간이 나타났다.

"놀라지 마."

"예?"

곧 레인은 비명을 질러야 했다.

"아우우."

레인은 말을 잇지 못했다.

어찌나 속이 울렁거리는지 사흘 전 광산도시에서 먹은 것까지 게워낼 것 같은 기분이었다.

아니, 그 정도는 약과였다.

가만히 서 있는데도 세상이 빙글빙글 도는 것 같았다.

땅이 올라오고, 천장이 멀어졌으며, 그 반대의 경우도 종종 있었다.

"이런 미친……."

레인은 무심코 내뱉다가 입을 다물었다. 트라시온의 짓궂은 얼굴이 일그러진 채 웃고 있었다.

"뭐라고?"

"아, 아닙니다."

레인이 다급히 대답하자 트라시온은 빙긋 웃었다.

"그래? 그럼 다행이고. 그런데 감상은 어때?"

"감상은 죽이고 싶을… 아니, 죽여줍니다."

"역시 성공이군."

트라시온은 주먹을 불끈 쥐며 진심으로 좋아했다.

사실 벽난로 뒤에 섰을 때는 별 걱정을 안 했다. 트라시온이 옆에 있으니 무슨 일이 생길까 싶어서였다.

아니나 다를까,

바닥이 번쩍하는 순간 마법진이 발동됐다. 그리고 두 사람이 떨어진 곳은 괴상한 통로였다.

대각선으로 기울어져 있었고, 중간이 구불구불했으며, 나선처럼 되어 있기도 했다.

솔직히 그 정도를 기억하는 것도 대단했다.

불과 삼 초도 되지 않아 세상이 미친 듯이 돌아갔으니까.

잠시 후 정신을 차리고 보니 황궁 파라시움의 지하였다. 자신이 페르나팍스를 받은 바로 그 장소.

"대체 그게 뭡니까?"

"어? 몰라? 칸젤 아저씨가 이야기해 줬을 텐데?"

가만히 생각해 보니 떠오르는 게 있었다.

아버지가 어릴 때는 학교에서 단체로 놀러 갔다고 했다.

'그때 종종 가던 곳이 놀이동산이랬던가?'

거기까지 생각해 보니 답이 나왔다.

그 미친 통로의 정체는 바로 롤러코스터였다.

다른 건 바퀴가 달린 차가 달리는 게 아니라 사람의 몸으로 미끄러지듯이 달리는 것.

'아아, 아버지. 어쩌자고 트라시온한테 그런 이야기를 해 준 겁니까?'

레인은 진심으로 통곡했다.

그런 마음을 아는지 모르는지 트라시온의 표정은 천진난만했다.

"정말 신나지 않아?"

"예. 다시는 타고 싶지 않을 정도로요."

레인은 그렇게 말한 뒤 그 자리에 주저앉았다.

모진 훈련을 받았음에도 아직까지 어지러울 정도였다. 익숙해진다면 트라시온처럼 두 팔을 벌리고 환호성을 지를 수 있겠지만 적어도 지금은 아니었다.

트라시온은 그런 레인을 보며 피식 웃다가 베이딘이 오자 근엄한 표정을 지었다.

"확인은 끝났나?"

베이딘은 잠시 망설인 뒤 대답했다.

"아무래도 내구성에 문제가 생긴 것 같습니다. 두 개 이상의 마법을 중첩시키는 것까지는 버티는데, 최소 열흘 이상의 간격이 필요합니다."

"결국 열흘에 한 번씩 쓸 수 있다는 말이군."

"예. 그… 이상하게 되면 페르나팍스가 버티질 못합니다."

트라시온은 고개를 끄덕인 뒤 아주 간단히 대답했다.

"그럼 고쳐 놔."

"예?"

베이딘은 눈을 멀뚱멀뚱 뜰 뿐이었다.

트라시온은 개의치 않고 레인에게 가더니 페르나팍스를 받아 베이딘에게 건네었다.

"열흘에 한 번이 아니라 적어도 오 일, 아니, 삼 일에 한 번이 가능하도록 만들어."

"시간이 좀 걸립니다."

"얼마나?"

베이딘은 잠시 이런저런 수치를 계산한 뒤 대답했다.

"대략 삼 개월 정도 걸리는군요. 물론 그전에 해야 할 일이 있기는 합니다."

베이딘이 레인을 쳐다봤고, 트라시온도 고개를 돌렸다.

아직 제정신을 차리지 못한 레인은 몇 명의 기사들에게 어딘가로 이끌려 갔다.

"괜찮아?"

트라시온이 묻자 레인은 억지로 미소를 지었다.

"일단은… 괜찮습니다."

"그래? 그럼 이거 받아."

레인은 자신의 손에 들린 걸 확인했다.

그건 페르나팍스였다.

"이걸 왜 다시……?"

레인의 말은 이어지지 않았다.

우우웅 소리와 함께 마법진이 발동되었고, 자신은 그 중심에 있었다.

레인은 또다시 비명을 질러야 했다.

CHAPTER 10
농락당한 레인

"끝났습니까?"

레인의 목소리는 몸처럼 부들부들 떨리고 있었다.

"그래, 끝났어."

"그, 그럼 쉬어야……."

레인은 바닥에 털썩 주저앉더니 그대로 엎어졌다.

트라시온은 레인의 숨소리를 확인하더니 씨익 웃었다. 그건 새로운 장난을 생각하는 어린아이의 미소였다.

레인이 기절한 건 이유가 있었다.

광산도시 페우라에서는 거의 쉬지 못했다. 서둘러 일을 처리하기 위해 황성에 왔는데 트라시온에게 시달렸고, 벽난로의 괴상한 통로로 이동하다 보니 정신까지 오락가락했다.

그런 상황에서 또다시 마법진의 중앙에 서서 날벼락을 맞았으니 멀쩡한 게 오히려 이상했다.

베이딘은 그런 레인을 안타까운 표정으로 쳐다봤다.

레인과 페르나팍스, 그리고 마법진을 공조시킨 건 좀 더 정확한 상태 확인을 위해서였다.

페르나팍스가 두 번 사용되었기에, 거기에 남았던 마나의 흔적을 수치화시켜야 했다. 그래야 트라시온이 원하는 대로 보강할 수 있었으니 말이다.

서너 번에 끝나서 다행이지 아니었다면 레인의 몸에서 모락모락 김이 났으리라.

베이딘은 키다란 수정구를 쳐다봤다.

대략 여섯 개의 색상 패턴이 그래프를 그리고 있었다.

"흐음, 이래서였나?"

베이딘이 고심하고 있을 때 트라시온의 목소리가 들렸다.

"베이딘."

"예, 부르셨습니까?"

베이딘이 다가오자 트라시온이 레인을 가리켰다.

"내가 생각하는 게 있는데……."

트라시온의 귓속말에 베이딘이 펄쩍 뛰었다.

"대체 무슨 생각으로 그러시는 겁니까?"

"왜? 재밌잖아."

"그러다 만약 사고라도 난다면……."

"그럼 더 좋지."

베이딘은 말문이 막혔다.

"자자, 어서 실행하라고."

트라시온의 천진난만한 표정을 보니 이번에도 거부할 수 없을 것 같았다.

"휴우."

베이딘은 길게 한숨을 내쉬었다.

테일론 제국에서 다섯 손가락 안에 꼽히는 대마법사가 자신이다.

마음껏 연구를 할 수 있게 해주겠다는 트라시온의 말에 속아 기꺼이 황실에 투신했지만 예상과 달라도 너무 달랐다.

이건 마치 트라시온 황자의 시종이 아닌가?

그것도 능력이 너무도 특출한 시종이다.

'정말 미친 거 아냐?'

트라시온에 대한 소문은 정말 다양했다.

가끔 우울해하다가 미친 듯이 웃질 않나, 만만하고 마음에 드는 상대를 만나면 황당한 장난질을 벌이기도 했다.

특히 트라시온을 호위하는 기사들이 제일 힘들어했다.

수시로 호위 대상이 사라졌으니까.

"책임은 내가 진다니까."

트라시온이 보채자 베이딘은 어쩔 수 없다는 표정을 지으며 고개를 끄덕였다.

베이딘의 손이 레인에게 향했다.

* * *

"흐으음. 쩝쩝."

레인은 입맛을 다시며 몸을 꿈틀거렸다.

무슨 맛있는 음식을 먹는 꿈이라도 꾸는지 행복한 표정이었다.

하지만 그것도 잠시.

익숙하지 않은 잠자리 때문인지, 아니면 옆에 있는 뭔가가 걸렸는지 곧 잠에서 깨고 말았다.

몇 번 눈을 깜빡거린 레인은 아주, 상당히, 심각하게 이상한 걸 느꼈다.

커다란 침대의 천장에는 핑크색 레이스가 주렁주렁 달려 있었다. 거기다 같은 색의 얇은 천들이 사방을 막고 있었으며, 편안한 잠을 약속하는 독특한 향기가 났다.

그것도 상당히 비싼.

"이건 트라시온의 취향이 아닌데."

레인은 눈을 가늘게 뜨고 조심스럽게 방 안을 살폈다.

커다란 침대와 마찬가지로 고급스러운 가구들이 방을 채우고 있었는데 그 와중에 뭔가 이질적인 게 보였다.

"화장대?"

커다란 거울 앞에는 갖가지 병이 수십 개나 있었고, 여자들이 쓸 만한 보석함이 보였다.

레인은 깜짝 놀라 자신도 모르게 움찔거렸다.

그때 바닥에서 손이 나타나 레인의 허벅지에 스윽 올라갔다.

"헉."

레인은 더더욱 놀라 다급히 몸을 움직였다.

하얗고 고와 주름 하나 없는, 한 번도 일을 해본 적이 없는 귀족 여자의 손이었다.

"가만, 내가… 사고 쳤나?"

아무리 살펴봐도 그건 아니었다.

"대체 무슨 일이 있었던 거지?"

가만히 기억을 더듬어봤지만 트라시온과 황성의 지하로 내려간 것까지만 선명했다. 그리고 빌어먹을 마법진에서 벼락을 맞았다.

갑자기 트라시온의 웃고 있는 얼굴이 떠올랐다.

농락당한 레인

"설마?"

레인은 조심스럽게 이불을 걷었다.

아직 앳된 얼굴의 여자애가 곤히 잠들어 있었다. 입에 침까지 흘리면서.

"하아. 레이나구나."

갑자기 알 수 없는 안도감이 들었다.

어릴 때는 서로의 신분에 대해 아무것도 몰랐다. 그래서 남매처럼 같이 뛰어놀고 장난도 친 그런 사이였다.

무심코 추억을 떠올린 레인은 미소를 지었다.

레인은 천천히 손을 움직여 레이나가 입가에 흘린 침과 달라붙은 머리카락을 귀 뒤로 넘겨주었다.

"정말 예쁘게 컸구나. 뭐, 그래도 아직 애지만."

자신도 모르게 중얼기린 레인은 조심스레 침대 밖으로 몸을 빼내었다.

상반신은 아무것도 걸친 게 없었고, 얇은 바지만 입은 상태였다. 그나마 다행이라 할 수 있는 건 자신의 물건들은 머리맡에 정리되어 있다는 점이었다.

"아무래도 트라시온의 수작 같은데. 아욱."

순간적으로 울컥하는 게 올라왔다.

만약 눈앞에 트라시온이 있다면 황자고 나발이고 간에 턱주가리부터 날리고 싶은 심정이었다.

"우선은 여길 빠져나가자."

괜한 오해를 샀다가는 정말 빼도 박도 못하는 상황이 될 수 있었다.

레인이 웃옷을 잡는 순간이었다.

번쩍.

갑자기 환한 빛이 터지며 방 안을 가득 채웠다.

"윽."

너무도 갑작스러운 일이라 잠시 시야가 확보되지 않았다.

레인이 당황하는 그때 레이나가 몸을 꿈틀거렸다. 너무도 밝은 빛에 잠에서 깨고 만 것이다.

레인은 그것도 모르고 짜증을 내고 말았다.

"빌어먹을."

자신의 옷에 마법이 걸려 있었다. 누군가 만지면 바로 빛을 뿜어내게 말이다.

범인은 뻔했다.

"으으음."

레인은 깜짝 놀라며 고개를 돌렸다.

막 잠에서 깨어 눈을 깜빡거리고 있는 레이나와 눈을 마주치고 말았다.

잠시 정적이 흘렀다.

"꺄아아아악!"

비명이 울리고 밖에 나가 있던 레인의 정신이 돌아왔다.

"자, 잠깐."

레인은 서둘러 손을 뻗어 레이나의 입을 막았다. 하지만 레이나는 거칠게 반항했고, 레인은 그 위를 덮치고 말았다.

레이나의 손톱이 레인의 얼굴과 상반신을 사정없이 긁었는데, 그 기세는 거의 소드 마스터에 버금갈 정도였다.

"악, 진정해! 진정, 끄악! 좀 진정하라고! 앗, 따거!"

레인과 레이나가 침대에서 엎치락뒤치락하는 그때였다.

덜컹.

"무슨 일이십니까?"

갑자기 밖에서 거친 목소리가 들렸다.

"여기, 읍. 변태가, 읍읍."

레이나의 목소리는 멀리 새어나가지 못했다. 그래서 기사들은 더욱 소리치며 문을 두드렸다.

"괜찮으십니까?"

"공주님, 잠시만 기다리십시오."

콰아앙.

순식간에 문이 박살 나고 단단히 무장을 한 기사들이 일제히 들이닥쳤다.

그들은 곧장 침대를 쳐다보고 그대로 굳어버리고 말았다.

레이나 공주는 발버둥치고 있었고, 얼굴에 시뻘겋게 피 칠을 한 남자가 덮치는 중이었다.

그때 뒤에서 누군가가 소리쳤다.

"공주를 구하라!"

기사들은 정신을 차리고 침대를 향해 달려들었다.

"제길."

레인은 레이나의 입을 막는 걸 포기하고 재빨리 웃옷을 잡더니 창가로 향했다.

창문을 연 레인은 뭔가를 잊었다는 듯 뒤를 돌아봤다.

"난 속은 거라고."

그 말을 던진 레인이 창밖으로 몸을 날렸다.

곧 기사들이 우르르 달려와 창밖으로 고개를 내밀었지만 레인의 모습은 보이지 않았다.

레이나는 잠시 멍한 표정을 짓다가 엉엉 울음을 터뜨렸다.

곧 잠에서 깬 시녀들이 달려와 레이나를 달랬다.

기사들은 눈치를 보다 슬금슬금 밖으로 물러났다.

그들의 뒤쪽에서 상황을 지켜보고 있던 트라시온은 진심으로 안타깝다는 표정을 지었다.

"아깝군, 정말 아까워."

트라시온은 그렇게 말한 뒤 몸을 돌렸다.

애초부터 사고(?) 치게 만들 생각은 눈곱만치도 없었다.

적당히 때가 되면 우르르 몰려들어 와 포위한 뒤, '레인, 감히 네가 이럴 수 있느냐' 하며 몰아붙여 한 방에 엮어버릴 계획이었던 것이다.

"근데 레인 녀석은 옛날 일을 잊어버린 모양이야. 레이나가 자기한테 시집가겠다고 얼마나 떼를 썼는데……. 뭐, 아직까지도 그런다는 게 문제지만."

트라시온은 한숨을 내쉬었다.

그 시각, 레인은 황궁 파라시움의 옥상에서 이를 빠드득 갈고 있었다.

"대체 무슨 심보냐고. 으아악!"

찬바람이 불자 레이나에게 당한 처참한 상처들이 더욱 쓰라렸다.

잠시 후, 레인은 트라시온을 찾기 위해 황성을 뒤졌다. 하지만 레인이 분노를 예상한 트라시온은 그림자도 보이지 않았다.

결국 레인은 불빛이 빛나는 도시를 향해 움직여야 했다.

"에취."

레인은 기침을 하며 몸을 떨었다.

계절은 여름이었지만, 아침저녁으로 쌀쌀했다. 얇은 옷만 입고 테일로드를 뛰어다녔더니 오한이 든 것이다.

결국 레인이 도착한 곳은 라핀이 있는 포 리버 길드였다.

레인이 불을 쬐고 있는 가운데 라핀이 따뜻한 수프가 든 그릇을 들고 왔다.

"무슨 일이 있으셨습니까?"

라핀이 묻자 레인은 고개를 절레절레 저으며 그릇을 받아 들었다.

"아주 지독한 놈한테 걸렸어. 까딱 실수했다간 뼛속까지 빨아 먹힐 뻔했다고."

"그러셨군요. 그런데 어떤 미친놈이 감히 우리 도련님에게 그런 짓을 벌인 겁니까?"

레인은 끔찍하다는 표정을 지었다.

"있어, 트라시온이라고."

"아, 트라시온이라면… 설마 이황자님을 말씀하시는 겁니까?"

"그래, 그 미친놈."

레인의 말에 라핀의 안색이 하얗게 변했다.

라핀이 주저하는 모습을 보이자 이번엔 레인이 물었다.

"왜 그래? 무슨 일 있어?"

"아니, 그게… 조금 전에 사람이 왔습니다."

레인은 고개를 갸웃거리며 수프를 뜨던 숟가락을 멈췄다.

"누가 왔는데?"

라핀은 말없이 한 장의 편지를 내밀었는데 테일론 황실의 인장이 새겨져 있었다.
"설마? 아니겠지?"
수취인은 분명 레인이었고, 보내는 사람은 역시나 트라시온이었다.
레인은 트라시온에게 하고 싶듯이 거칠게 겉봉을 짝짝 찢어 내용물을 빼내었다.

페르나팍스를 새로 조정하기까지 한두 달 걸린다더군. 그동안은 착실한 학창 생활을 즐기도록.

결국은 아카데미로 가라는 이야기였다.
"가만, 방학이 며칠이나 남은 거지?"
"아직은 이십 일 정도 남아 있으니 걱정하실 것 없습니다."
가는 데 하루밖에 안 걸리니 정말 여유있다고 할 수 있었다.
"다행이군."
레인은 그렇게 길드에서 며칠을 편히 쉬었다.
아직 밖에는 레이나 황녀를 노린 '용감하고 무모한 멍청이'에 대한 수색이 한창이었다. 무장한 기사들이 잠시도 쉬지 못하고 테일로드 전체를 뒤지고 다닌 것이다.
당시 기사들이 했던 욕을 모으면 6서클 수준의 대마법서보다 두껍다고 했을 정도다.

더군다나 현상수배까지 내려졌고, 인상착의가 돌았다.

수배지에는 얼굴에 아홉 개의 핏줄기를 간직한 청년이 있었다.

그 초상화를 본 레인은 마시던 물을 뿜고 말았다.

"제길. 이게 내 얼굴이라니."

레인은 그렇게 말하면서 거울 앞으로 향했다.

레이나가 만든 상처는 장난이 아니어서 이대로 밖에 나가면 당장 범인으로 몰려도 이상하지 않을 정도였다.

결국 레인은 한동안 길드에서 지내기로 했다.

"카오스 스톰에 대한 정보를 모아줘."

"예? 카오스 스톰이요?"

뜬금없는 주문에 라핀은 고개를 갸웃거렸다.

레인은 자신이 겪었던 일들을 이야기했고, 그제야 라핀도 심각한 표정을 지었다.

부랴부랴 밖으로 나간 라핀은 길드를 뒤져 사전 크기의 책을 네 권이나 들고 왔다.

"설마 이게 전부 그 내용은 아니겠지?"

"지금 있는 건 이것뿐입니다만 지부에 연락을 해놨으니 며칠 내로 나머지 분량이 올 겁니다."

"얼마나… 되는데?"

"대충 이거 다섯 배 정도 될 겁니다."

레인은 입을 떡 벌렸다.

"제길, 많이도 해 처먹었군."

그렇게 말하면서도 레인은 카오스 스톰에 대한 정보를 살펴봤다.

파이론이 흔적도 없이 사라진 것처럼 그에 대한 정보도 마찬가지였다.

"정말 대단하군."

레인은 감탄을 안 할 수 없었다.

지금까지 카오스 스톰의 짓이라 예상되는 범죄는 무려 이백 건이 넘었다. 하지만 몇몇 사건을 제외하면 꼬리조차 남기지 않았다.

그 꼬리에 해당하는 귀족들은 감히 건드릴 수 없는 이들이었다. 확실한 증거도 없이 정황만으로 조사를 벌일 수는 없는 것이다.

또한 로일드 황제의 명령이 있었다고 해도 국경을 지키는 대장군들을 함부로 할 수 있는 수사관은 없었다.

그들은 황제에 대한 절대적인 충성을 맹세했으며, 지금도 지켜가고 있는 자들이었으니까.

"하아, 정말 이래저래 골치 아프군."

파이론이 사라질 때 했던 말들이 떠오르자 아무래도 그와의 인연은 그것으로 끝날 것 같지 않았다.

레인은 의자에 몸을 깊숙이 묻고 눈을 감았다.

파이론은 대단한 마법사였으며, 몸을 쓰는 것도 어지간한 기사보다 몸놀림이 좋았다.

분류하면 최소 5클래스 이상, 하지만 7클래스까지는 아니었다. 그랬다면 도망갔을 리가 없으니까.

그것 외에도 한참을 고민하던 레인은 결국 피곤함을 이기지 못하고 잠들고 말았다.

레인이 휴식을 취하는 사이 두 개의 소문이 제국을 휩쓸었다.

그 첫 번째가 바람처럼 왔다가 사라져 간 황실의 암행 감찰관 이야기였다.

그는 페우라 광산도시의 숨겨진 비밀을 밝히고, 데비슨 자작을 처리한 뒤 노예들을 해방시켰다. 동시에 황실의 이름으로 모든 것을 정리한 뒤 나타날 때처럼 사라졌다는 것이다.

"하, 정말 어이가 없군."

레인은 웃을 수밖에 없었다.

다름 아닌 자신에 대한 소문 때문이었다.

키가 이 미터가 넘는 거인에 단숨에 기사 열 명의 목을 날릴 수 있는 커다란 바스타드 소드를 들고 있다고 했다.

또 어떤 소문에는 엄청난 마법사라고도 했고, 용병왕의 후예라는 말도 있었다.

진실이야 어찌 되었든 간에 그 소문은 일시에 제국에 퍼져 나갔다.

"트라시온의 수작이겠지."

레인은 단번에 그걸 파악했다.

애초부터 트라시온이 말한 것도 있었지만 그 소문이 퍼져 나갈수록 테일론 황실의 지지는 올라간다.

반대로 폭정을 행하고 있는 귀족들은 두려워했다.

벌써부터 여러 영지에서 암행 감찰관을 보내달라는 투서가 쌓이고 있을 정도였다.

"트라시온은 씁쓸해하겠군."

귀족들을 견제하기 위해서지만 많은 양의 투서가 몰린다는 건 그만큼 어려운 이들이 많다는 말이다.

그리고 지금 소문은 많이 구체적으로 바뀌어 있었다.

다크 폰 로열 공작.

황제가 파견한 암행 감찰관이자 뛰어난 검사.

젊은 용병부터 나이 든 모습까지 수시로 바뀌었으며, 어쩌면 스무 살 정도의 청년일지도 모른다고 했다.

"다행히 아카데미 학생이란 말은 없구나."

레인은 자신도 모르게 미소를 지었다. 하지만 두 번째 소문을 듣는 순간 얼굴이 와락 구겨졌다.

그건 레이나 황녀를 사모하는 어떤 미친놈이 겁도 없이 황성으로 숨어들어 갔다는 이야기였는데, 기사들에게 쫓겨나 도망갔지만 그 용기만은 대단했다는 것이다.

기사들이 그놈을 잡겠다고 그렇게 테일로드를 쑤시고 다녔으니 소문이 안 퍼지는 게 이상할 정도였다.

어쨌든 그 소문 때문에 수도 테일로드는 난리가 났다.

레이나 황녀는 황제가 애지중지하는 딸이자 두 황자가 아끼는 여동생이었다.

그런 황녀의 침실에 몰래 숨어들었다?

그건 드래곤 주둥이에 머리를 집어넣고 춤을 추는 것보다 훨씬 위험한 행동이다.

가문이 몰살당하고도 남을 일이었으니 말이다.

"일이 이렇게까지 커지리라고는 생각하지 못한 모양이야."

모든 게 흥분한 황제보다 더 흥분한 귀족들 때문이었다.

레이나 황녀의 미모에 반해 상사병을 앓고 있는 귀족들은 엄청나게 많았다.

그들은 기필코 범인을 찾겠다며 길길이 날뛰었고, 얼굴조차 제대로 그려지지 않은 수배지를 들고 사방을 들쑤셨다.

결국 그 피해는 수도 테일로드의 경비기사들에게 돌아왔다.

하루에도 수십 군데서 범인을 잡았다는 연락이 왔고, 막상 가보면 상사병에 걸린 귀족들이 애꿎은 사람을 잡아놓은 경우였다.

그 때문에 레인이 듣는 욕의 숫자는 기하급수적으로 늘어나고 있었다.

"아, 진짜 가렵네."

레인은 손가락으로 귀를 마구 파헤쳤다. 하지만 시원한 건 잠시뿐, 또 누가 욕을 하는지 가려워 미칠 지경이었다.

하지만 어쩌겠는가?

다름 아닌 두 소문의 주인공이었으니.

CHAPTER 11
마법사 콘티엘

레인은 여유있게 아카데미에 도착했다.

아카데미는 생각보다 조용했다. 개학까지는 나흘이나 남아 있었고, 떠난 학생들 대부분이 아직 돌아오지 않았던 것이다.

"콘티엘과 홀스는 아카데미에 남는다고 했지?"

레인은 외롭지 않을 거란 생각에 서둘러 기숙사로 향했지만 방문 앞에서 걸음을 멈출 수밖에 없었다.

목숨이 아깝지 않으면 문을 열어봐라.

휘갈겨 쓴 글씨체는 분명 홀스의 것이었다.

레인은 피식 웃으며 문을 열려다가 뭔가 이상한 걸 느꼈다.

아주 미묘한 뭔가가 문틈으로 새어 나오고 있었는데, 어딘가 익숙한 것 같으면서 약간 달랐다.

"마나… 인가?"

레인은 조심스럽게 문을 열었다.

기숙사 방 안의 중심에 콘티엘이 앉아 있었다.

눈을 감고 자신이 가르쳐 준 대로 호흡을 이어가고 있었는데, 그의 주위로 하얀 빛이 일렁거렸다.

레인은 멍한 표정으로 입을 벌렸다.

"말도 안 돼."

이건 정말 상식적으로 있을 수 없는 일이었다.

지금 콘티엘은 마나와 교류하고 있었는데, 터무니없는 엄청난 수준이었다.

'2클래스? 아니, 3클래스인가?'

레인은 기운의 범위 밖에서 조용히 상황을 지켜봤다.

얼마나 지났을까?

레인은 배가 고프고 졸렸지만, 호기심 때문에 끝까지 지켜보기로 했다.

결심은 오래가지 않았다.

레인은 자신도 모르게 문에 기댔고, 꾸벅꾸벅 졸고 말았다.

한 사람은 수면에, 한 사람은 명상에 빠진 채 해가 기울고 있었다.

그때 콘티엘이 호흡을 가다듬고 눈을 떴다.

"어? 레인?"

레인은 퍼뜩 정신을 차렸다.

"아, 미안.. 내가 방해가 됐나?"

"아니야. 난 네가 온 것도 모르고 있었는걸."

콘티엘이 그렇게 말하며 창밖으로 시선을 돌렸다.

하늘이 어두컴컴한 것이 영 분간이 되지 않았다.

"배가 고픈 걸 보니 저녁인 모양이야. 우선 밥이나 먹으러 가자."

레인의 손짓에 일어서던 콘티엘이 휘청거렸다.

"너무 오래 앉아 있었나 봐."

"나도 그런 적이 있었지. 그럴 때는 천천히 앉았다 일어났다를 반복하면 돼."

레인이 손을 위아래로 움직이며 말했다.

콘티엘은 시키는 대로 하더니 곧 괜찮아졌다며 고개를 끄덕였다.

레인과 콘티엘이 방문을 열고 나오는데, 거의 동시에 옆방도 문이 열렸다.

거기서 나온 건 홀스였다.

"어? 레인?"

홀스는 콘티엘과 똑같은 말을 하며 놀랐다.

"오! 반갑다, 친구."

홀스가 감정 표현에 충실하기 위해 갑자기 끌어안으려 하자 레인의 손이 움직였다.

손가락 하나가 가슴을 누르자 홀스의 의도는 무산되고 말았다.

"대체 네가 왜 옆방에서 나오는 거냐?"

"아, 그건 이 녀석을 방해하고 싶지 않아서지."

홀스가 콘티엘을 쳐다보자 레인은 이해한다는 듯 고개를 끄덕였다.

자신도 그랬으니까.

하지만 이어진 대답은 황당했다.

"가만 보자. 개학이 나흘 남았으니까, 벌써 열흘인가?"

"엥? 열흘?"

"그래. 넌 열흘 동안 저 방에서 나오지 않았어."

콘티엘은 깜짝 놀랐다.

잠깐 눈을 감고 명상에 들어간 것뿐인데 열흘이라니.

믿을 수 없었지만 홀스의 표정은 진지했다.

"봐, 내가 혹시나 싶어 붙여놓은 거라고."

홀스가 방문에 붙은 종이를 떼서 콘티엘에게 전해줬다.

손으로 만져 보니 먼지가 있는 부분과 확실히 구별이 될 정도라서 믿지 않을 수 없었다.

레인은 씨익 웃으며 콘티엘의 어깨에 팔을 올렸다.

"어쨌든 축하해. 이제 마나를 다룰 수 있겠구나."

"아! 그래. 성공했어."

콘티엘은 환하게 웃으며 두 손을 앞으로 모았다.

"보여줄까?"

식욕이 호기심을 앞섰다.

"아니, 우선은 밥부터 먹고."

곧 세 사람은 식당으로 향했다.

　　　　　＊　　　＊　　　＊

"흐음."

작은 신음 소리였다. 하지만 방 안이 고요했기에 유독 선명하게 울렸다.

붉은 머리카락의 주인은 살짝 인상을 찡그린 채 자신에게 전해진 편지를 살폈다.

"거기에 그런 비밀이 있었나?"

페르제 드온 루틴은 고개를 갸웃거렸다.

편지를 보낸 건 멀지 않은 친척이었다.

무리할 필요는 없지만 가급적 빨리 구했으면 좋겠다.

뭔가 문장의 앞뒤가 맞지 않았다.
페르제는 잠시 의자에 몸을 기대고 생각에 잠겼다.
확실히 로열 아카데미에는 옐로우 스톤이 있었다.
그 커다란 벽에는 수십, 수백 개의 동굴이 있었고, 기사학부의 일부 학생들은 그곳을 수련실로 삼았다.
문제는 편지에 적힌 장소였다.
대부분의 기사학부 학생들이 아는 곳, 아니, 굳이 그쪽 학부 학생이 아니더라도 알고 있는 유명한 곳이었다.
바로 트윈 헤드 오우거라 불리는 체로키 기사단장의 수련장이었다.
다른 사람이라면 몰라도 체로키가 수련하는 동굴을 뒤지는 건 정말 위험했다. 거기다 한두 군데도 아니었으니 결코 쉬운 일이 아닌 것이다.
"정말 해볼 생각이십니까?"
갑자기 들린 하네스의 목소리에 페르제는 고개를 끄덕였다.
"할 수 있다면 해야지."

"하지만 꼭 필요하진 않습니다."

"나도 안다. 그리고 이미 낡은 구시대의 유물이 지금 내 앞길을 막을 수 있을 거라 생각하지 않는다."

"그렇다면 굳이 위험한 일을 하실 필요는 없지 않습니까?"

페르제는 눈을 가늘게 뜨고 자신의 능력을 무시하느냐는 눈빛으로 하네스를 노려봤다.

"이건 나를 시험하려는 의도다. 난 피할 생각도 없고, 그럴 이유도 없다."

하네스의 눈썹이 살짝 떨렸다.

페르제는 결정까지 많은 고민을 할 뿐 스스로 정한 일에 물러서는 법이 없었다.

더군다나 아버지의 사촌인 페릭 루틴의 부탁이라면 거절하기 곤란했다. 페르제가 공작가의 계승자이긴 하지만 그 역시 계승권을 가진 존재였으니 말이다.

하네스는 조용히 페르제를 살폈다.

페르제의 눈빛은 고요했고 더없이 맑았다.

'내가 선택한 주군이시여, 현명한 결정을 하소서.'

하네스가 마음으로 빌었지만 페르제는 되돌리지 않았다.

"이번 일은 가급적 빨리 처리할수록 좋아. 마침 적당한 기회가 왔잖아."

"그럼 이번 축제 때?"

페르제가 고개를 끄덕였다.

며칠 전, 도로시 공주 측에 심어둔 학생에게서 연락이 왔다.

도로시 공주는 학생들의 지지를 얻기 위해 하나의 계획을 세웠다.

방학이 끝나고 시월 중순이 되면 해마다 축제를 벌인다.

그 축제의 열기가 바로 다음에 있을 학생회장 선거에 영향을 미치는 것은 불 보듯 뻔한 일.

그 때문에 도로시 공주는 이전보다 화려한 축제를 꾸미기로 마음먹었다는 것이다.

"어차피 축제를 막을 수 없으니 그걸 기회로 삼는 것도 나쁘진 않지."

"하지만 체로키 단장이 수련장을 떠날 거라는 보장은 없습니다. 차라리 학생회장이 된 뒤 적당한 핑계를……."

"확실한 보장이 있나?"

페르제의 단호한 말에 하네스는 입을 다물었다.

많은 학생들을 포섭했고, 지지자들도 제법 되었다.

지금 상태라면 분명 유리하다고 할 수 있지만 확실하다고는 할 수 없었다.

"이번 기회를 놓치고 학생회장이 되지 못한다면 더 이상 기회는 없다고 보는 게 좋을 거야."

"그럼?"

하네스의 눈빛이 흔들렸다.

페르제는 진심으로 제대로 해볼 생각이었다.

"몇 명이나 부를 수 있지?"

"믿을 수 있는 숫자는 열 명이 조금 넘습니다."

페르제는 살짝 인상을 찌푸렸다.

하네스가 말한 이들은 공작령에서 준비한 페르제의 호위 기사였다. 하지만 공식적으로 아카데미 내에서는 호위를 둘 수 없기에 귀족 가문의 자제로 위장하여 입학시켜야 했다.

그 숫자는 모두 스무 명. 하지만 확실한 전력이 될 만한 이들은 열 명에 불과했다.

"생각보다 적군."

"하지만 믿을 수 있는 자들입니다."

페르제는 눈을 감았다.

많은 숫자가 움직일수록 눈에 띈다. 그럴 바에야 소수 정예로 처리하는 것도 나쁠 것 같지 않았다.

하지만 숫자가 아쉬운 건 어쩔 수 없었다.

"클레이븐을 부를 수는 없겠지?"

"예. 그는 이미 체로키 단장에게 가르침을 받았기에 사실을 안다면 오히려 적으로 돌아설 가능성이 큽니다."

페르제의 체념한 표정에 망설이던 하네스가 입을 열었다.

"이번 일은 제가 직접 나서겠습니다."
"뭐? 그건 안 돼. 넌 나의 부관이다."
페르제가 강하게 반발했다.
"걱정하지 마십시오. 위험한 일은 없습니다."
"하지만……."
"저를 믿으십시오."
하네스가 무릎을 꿇었다.
페르제는 한참을 고민하더니 결국 고개를 끄덕였다.
"축제가 가장 성대할 때 움직이도록 해라."

* * *

"이번 축제는 가장 성대하고 화려하게 할 거야!"
도로시는 황홀한 표정으로 소리쳤다. 마치 꿈속의 백마 탄 왕자를 만난 것 같은 눈빛이었다.
하지만 그 말을 듣고 있는 당사자는 두통을 느껴야 했다.
"하지만 공주님이 말씀하신 대로 준비하려면 비용이 만만치 않게 들어갑니다."
도로시 공주는 쇼를 하듯 몸을 빙글 돌린 뒤 앙칼진 목소리로 외쳤다.
"돈이라면 걱정하지 마! 넌 그냥 준비만 하면 된다고!"

루트는 한숨을 내쉬었다.

이 철부지 공주는 하고 싶은 건 해야 직성이 풀렸다.

물론 직접 하는 게 아니라 시켜서.

루트가 침묵하자 도로시는 몸을 돌렸다.

지금 그녀는 몸에 착 달라붙은 옷에 속이 비치는 얇은 천만 두르고 있었다. 그리고 거울 앞에서 자신의 몸매를 감상하는데 여념이 없었다.

"역시 내가 최고야."

확실히 열여덟이라는 나이를 생각하면 우월한 발육이었다.

거기다 공주라고 손도 까딱 안 하는 주제에 먹는 건 무지하게 밝힌다. 그럼에도 날씬한 허리를 유지하는 건 마탑의 비밀보다 더한 신비였다.

루트는 고개를 돌리며 조심스럽게 말했다.

"그나저나 뭘 좀 걸치시는 게 좋지 않습니까?"

"괜찮아. 누가 좀 보면 어때?"

순간 루트의 입에서 '자신감도 지나치면 미친년처럼 보인다' 는 말이 나올 뻔했다.

"이만하면 내가 제일 예쁘겠지?"

도로시가 다시 몸을 돌려 다가오자 루트는 마른침을 삼켰다.

마법사 콘티엘

"저도 남자입니다만."

도로시의 손가락이 루트의 심장 부위를 살짝 찔렀다.

"후훗. 성별은 분명 남자지만 나한테는 남자가 아닌걸. 그러니 걱정할 필요는 없어."

"그런 이야기가 아닙니다만… 소용없을 것 같군요."

"좋은 판단이야."

도로시는 그렇게 말한 뒤 얇은 천마저 벗어버렸고, 루트는 다시 고개를 돌렸다.

"그런데 꼭 검투 시합을 넣어야겠습니까?"

"당연하지. 그건 필수라고."

도로시는 절대 양보할 수 없다는 태도였다.

사실 검투 시합만큼 흥미로운 건 없었다.

참가자들은 아키데미의 학생이었고, 서로의 실력을 잘 알고 있었다. 결국 뻔히 예상하는 대로 경기가 끝나는 것이다.

하지만 모든 경기가 그런 건 아니어서, 약자가 강자를 이겼을 때는 더욱 극적인 반응을 끌어낼 수 있었다.

바로 희열과 감동이었다.

하지만 검투 시합은 위험했다.

신입생 환영회 때와 다르게 실제 무기를 사용하기 때문이다.

"왜 꼭 검투 시합을 하겠다는 겁니까?"

도로시는 환하게 웃으며 대답했다.

"당연한 거 아냐? 난 공주, 그리고 공주의 꿈은 바로 승리자의 키스지."

"예?"

너무도 의외의 대답이었다.

"생각해 봐. 검투 시합의 승자가 내 앞에 오는 거야. 그리고 무릎을 꿇고 내 손에 키스를 하는 거지."

루트는 현기증을 느끼며 휘청거렸다.

도로시의 말은 계속 이어졌다.

"오오, 아름다운 공주님께 제 승리를 바칩니다. 이 얼마나 멋지냐고."

"쿨럭! 고작 그런 이유로 검투 시합을 여는 겁니까?"

"고작 그런 이유라니, 넌 여자의 로망을 몰라."

도로시의 눈에서 불꽃이 튀었고, 루트는 그대로 주저앉을 뻔했다.

'하아, 로망이라니, 어린 나이에 노망이 나셨나.'

루트는 차마 입을 열지 못했다.

사실 도로시가 공주라고 하지만, 그리고 계승권이 있지만 황제의 자리와는 거리가 멀었다.

일단 직계의 두 사촌오빠가 있었고, 레이나 황녀가 있었다.

그다음이 도로시 공주의 아버지와 오빠였다.

즉, 황위 계승 서열 6위는 아주 특별한 경우를 제외하면 기회가 없다는 말과 같았다.

다행히 도로시 공주도 황제의 자리에는 관심이 없었다.

그저 마음에 드는, 아니, 마음껏 부릴 수 있는 멋진 남자를 만나 결혼하는 게 최고라고 생각하는 것이다.

잠시 도로시 공주를 안타깝게 생각하던 루트는 후회를 해야 했다.

"어쨌든 검투 시합은 무조건 하는 거야. 그러고 네 일은 이 축제를 잘 치르게 하고, 그 기세로 다음 달에 있는 회장 선거에서 이길 수 있게 하는 거지."

"그건 알겠습니다만… 그다음은요?"

"글쎄? 어떻게든 되지 않을까?"

도로시는 빙긋 웃은 뒤 옷장으로 달려갔다. 그리고 화려한 드레스를 꺼내어 다시 거울 앞에 섰다.

그 과정은 몇 번이고 반복되었고, 루트는 한숨을 내쉴 수밖에 없었다.

이 무책임한 공주가 회장이 된다면 어쩌면 학교를 무도장으로 바꿀지도 몰랐다.

* * *

"말도 안 돼."

레인은 콘티엘의 몸속을 살핀 뒤 크게 놀라며 말했다.

이전에 절맥이었던 게 믿기지 않을 정도로 마나의 흐름은 부드러웠다.

더군다나 몸속에는 마나 서클이 만들어져 있었다.

그것도 무려 세 개의 고리가.

"대체 어떻게 된 거야?"

"그게… 운이 좋았어."

콘티엘이 부끄러운 듯 말했지만 레인은 황당해했다.

얼마 전까지만 해도 마나 서클은커녕 마나를 받아들이는 것도 힘겨웠다.

그런데 불과 두 달 만에 3서클에 이른 것이다.

단순이 운이 좋다고 그게 된다면 개나 소나 대마법사가 될지도 몰랐다.

레인은 심각한 표정으로 물었다.

"좋아, 알았어. 운이 좋아서 마나 서클은 만들 수 있어. 하지만 정말 명상만으로 이 경지에 오른 거야?"

콘티엘은 잠시 멈칫했지만 곧 고개를 끄덕였다.

"솔직히 말해줘. 만약 다른 방법으로 만들었다면 위험하다고."

"정말이야."

콘티엘의 말에 레인은 한숨을 내쉬었다.

정말이라면 정말일 것이다.

하지만 레인은 의심을 거둘 수 없었다.

세 개의 마나 서클을 만들었다면 2서클의 마스터이자 3서클에 진입했다는 말이 된다. 그러니 클래스 타워에 가서 인증만 받는다면 바로 2클래스의 마법사가 된다.

통계적으로 어느 정도 재능이 있는 경우, 1클래스에서 2클래스로 올라가는 데 최소한 이 년이 걸린다.

아주 뛰어난 천재라면 예외지만 일단은 그게 정석이었다.

그럼에도 콘티엘은 불과 두 달 만에 2클래스에 올랐다. 그것도 1클래스조차 되지 않은 상태에서 말이다.

특히 마법사의 경우 각 클래스 사이를 넘는 데 걸리는 시간은 기의 세곱에 가까웠다.

2클래스에서 3클래스가 되는 데 5년이 걸렸다면, 4클래스로 올라가는 데 25년이 걸린다는 말이다.

물론 경우에 따라 다를 수도 있지만.

레인의 표정에 경악과 불신과 고민이 뒤섞였다.

콘티엘은 변명을 하듯 말했다.

"정말이야. 난 네가 가르쳐 준 명상만으로 세 개의 마나 서클을 만들었어."

"좋아, 그렇다고 하자. 그럼 그 과정을 나한테 설명할 수 있어?"

"응."

콘티엘의 얼굴이 약간 밝아졌다.

"그러니까 어떻게 됐냐면……."

콘티엘은 레인이 아카데미를 떠난 후 매일 명상에 몰두했고, 그러길 보름 만에 마나 서클을 만들 수 있었다.

"처음에는 믿을 수 없었어. 하지만 몇 개의 마법을 성공한 후에야 확신할 수 있었지."

"그래서 어떻게 했는데?"

"난 다시 명상을 했어."

레인은 살짝 인상을 찌푸렸다.

서클을 만들었으면 기본적으로 1클래스에 속하는 마법을 쓸 수 있었다.

물론 상성에 맞는 몇 개에 불과하지만 꾸준히 연습해 숙련도를 올릴 필요가 있었다.

마나는 이해하는 것도 중요하지만 실습 역시 중요했으니까.

"명상을 하면서 머릿속으로 떠올렸지. 내가 아는 모든 1서클 마법을 대입해 본 거야."

1서클이 1클래스는 아니었다.

2서클을 만들고 1서클 마법 대부분의 구동원리를 이해해야 비로소 2클래스가 되는 것이다.

마찬가지로 3클래스 역시 2서클 마법의 원리를 이해해야 가능했다.

"그것만으로 다음 서클로 넘어갈 수 없을 텐데?"

레인은 이어질 콘티엘의 대답을 정말 중요하게 생각했다.

"난 내가 아는 모든 마법 중에서 각 속성의 중심이 되는 마법을 떠올렸어. 그리고 성공했지."

마법은 빛과 어둠, 그리고 불, 물, 바람, 대지의 사대속성을 가지고 있었다.

만약 콘티엘의 말대로 각 속성의 중심이 되는 마법을 완벽하게 이해한다면 확실히 다음 서클로 넘어갈 수 있었다.

하지만 그건 2서클에서나 가능한 이야기지 3서클부디는 불가능했다.

"뭐, 그렇다고 치자. 하지만 네 몸속에 있는 마나 서클은 세 개야. 그것까지는 운이 좋다고 할 수 없잖아."

"맞아. 홀스의 말대로 내가 열흘 동안 명상을 했을 때 겨우 성공한 거야."

"그러니까 어떻게?"

레인은 궁금해 미칠 지경이었다.

"그러니까 2서클로 올라갈 때는 각 속성의 중심 마법이 하나였어. 그런데 3서클로 올라갈 때는 적어도 세 개 이상의 마법을 쓸 줄 알아야 하더라고."

"그래서 그게 가능했단 말이야?"

콘티엘은 대답 대신 고개를 끄덕였다.

각 속성의 마법 세 개씩이라면 모두 열여덟 개였다. 그 마법을 마스터하려면 우선 마법 수식을 외워야 하는데 그것만 한 달은 넘게 걸린다.

"설마?"

"응. 난 이미 다 외우고 있었지."

"아아."

감탄사도 아닌 뭔가가 레인의 입에서 터져 나왔다.

그랬다. 콘티엘은 어느 정도 천재라고 할 수 있었다.

절맥에 의해 육체가 둔화된 만큼 머리가 좋은 케이스였으니까.

거기다 노력파였다.

마나를 다루지 못해 마법서만 꾸준히 파고들었던 그런 녀석이니, 수식을 모두 외운 건 어쩌면 당연했다.

레인은 몇 번이고 고개를 흔들었다.

이미 이론은 완벽하게 마스터하고 있었다.

명상을 통해 머리로 이미지를 그리는 훈련을 꾸준히 했으니 정신력도 단련되었을 것이고, 남은 건 충분한 이해도였다.

"나도 혹시나 싶어 2서클이 되고 나서 도서관을 뒤졌지. 그리고 하루를 꼬박 새우고 나서 답을 찾았어."

"그 답이 뭔데?"

"바로 너."

콘티엘이 자신을 가리키자 레인은 더욱 황당해했다.

"그러니까 네가 내 몸에 마나를 불어넣어서 그렇게 된 거야."

절맥이 나은 뒤 레인은 콘티엘에게 마법을 할 수 있다는 자신감을 심어주기 위해 내공을 집어넣었다. 그리고 레인이 떠나기 직전, 그 내공을 마나처럼 사용해 딱 한 번 마법을 성공할 수 있었다.

문제는 그 과정이 너무 길었다는 점이다.

하루에도 수십 번씩, 그것도 보름 동안 수련을 하다 보니 자연스럽게 기맥이 넓어졌고, 다른 사람보다 빨리 마나를 쌓을 수 있는 기틀이 마련된 것이다.

그제야 레인은 자신의 실수(?)를 깨달았다.

레인의 내공은 상당했고, 콘티엘에게 자신감을 줘야겠다는 생각에 무리를 했다.

그게 이런 말도 안 되는 결과를 만들어 버렸다.

"하, 하하! 그게 그렇게 됐단 말이지."

레인은 허탈해했다.

콘티엘의 말도 안 되는 성장에는 자신의 말도 안 되는 수련이 있었다.

그러다 문득 뭔가가 떠올랐다.

"가만, 그럼 넌 세 개의 마나 서클을 가지고 있지만 실제로 마법을 써본 건……."

콘티엘은 부끄러운 듯 고개를 숙였다.

"세 번이 전부야."

"아! 정말 말도 안 돼."

마나 서클이 세 개지만 숙련도는 1클래스 수준, 한마디로 이론과 명상으로만 경지에 오른 부작용이었다.

그건 마법사에게는 아주 치명적인 문제였다.

레인이 한참을 고민하고 있는데 의외의 인물이 찾아왔다.

"저, 그러니까, 누구시더라……?"

"장난칠 기분 아니다."

"정말 기억이 안 나는데요?"

상대는 살짝 인상을 찌푸리더니 한숨을 내쉬었다.

"하아, 이놈이나 저놈이나 황실과 관련된 인간들 중에 어떻게 제대로 된 인간이 없냐."

루트 반 나틴의 말에 레인이 씨익 웃었다.

"그거 불경죄입니다만."

"제발 그렇게 생각해 줬으면 얼마나 좋을까."

"저도 가끔은 진심으로 그런 생각을 합니다."

트라시온에게 당한 사람들끼리만 할 수 있는 슬픈 말장난이었다.

"내 이름은 루트, 나틴 백작 가문에 속해 있지."

"아! 이제 기억나는군요. 그나저나 저를 찾아오신 이유가 뭡니까?"

루트는 머리를 긁적거리더니 우선 한숨부터 내쉬었다.

"그러니까, 일이 어떻게 된 거냐 하면……."

도로시 공주가 화려한 축제를 구상하고 있다. 그 마지막 코스는 검투 시합과 대규모 댄스파티다.

도로시 공주는 검투 시합의 우승자와 함께 춤을 추겠다고 했다.

거기까지는 충분히 있을 수 있는 일이었다. 하지만 이어진 말은 레인을 당황하게 만들었다.

"하아, 그러니까, 나보고 검투 시합에 나가달라?"

"그래. 네 실력이라면 우승은 어렵지 않잖아."

레인은 고개를 끄덕였다가 다시 가로저었다.

"그렇긴 하지만 절대 거절입니다."

"왜?"

"몰라서 묻는 건 아니겠죠?"

레인의 반문에 루트의 표정이 일그러졌다.

모르는 게 아니라 너무 잘 알아서.

"뭐, 검투 시합 우승까지는 그렇다 치더라도 도로시 앞에 무릎을 꿇고 손등에 키스하라니."

"댄스파티의 파트너가 추가되지."

"그건 저보고 닭살 올라 죽으라는 말과 같습니다."

"부탁 좀 하자."

레인은 미친 사람처럼 고개를 마구 저었다.

"절대 거부입니다."

레인의 단호한 반응에 루트의 어깨가 축 처졌다.

솔직히 도로시 친위대 중에서도 실력이 뛰어난 기사는 제법 있었다.

하지만 우승한다는 보장은 없었다.

루트의 계획은 검투 시합의 열기와 흥분, 그리고 우승자에 대한 기대 심리를 도로시 공주에 대한 호감으로 옮기는 일이었다.

아무리 가문이 어쩌고 세력이 어쩌고 해도 학생회장 선거를 하는 건 아직 어린 학생들이었으니까.

지지도가 떨어지고 있는 이상은 꼭 필요한 일이었다.

"정말 안 되나?"

루트가 다시 한 번 조심스럽게 물었지만 레인은 단호히 고개를 저었다.

마법사 콘티엘 271

"대체 왜?"

"트라시온 황자가 괴롭히는 것만으로 충분합니다."

레인의 얼굴에 먹구름이 피어났다.

솔직히 이번 일만 해도 얼마나 고생을 했던가?

그 모든 게 트라시온 때문이었다.

그래서 레인은 가급적이면 황실의 인간들하고는 얽히고 싶지 않았다.

거기다 자신이 우승하고 도로시와 춤이라도 췄다가 자칫 잘못되기라도 한다면 빼도 박도 못하는 상황이 될 수도 있었다.

"휴우, 네가 그렇게 생각한다면 어쩔 수 없지."

루트는 학생회장의 영향력이 앞으로의 정세를 어떻게 바꾸는지 설명하려다가 입을 다물었다.

물론 트라시온 황자의 말대로 자신의 섣부른 걱정일 수도 있었다. 하지만 구 왕국파인 페르제가 학생회장이 된다면 그 영향을 받는 귀족들은 적지 않으리라.

"아직 검투 시합까지는 시간이 있으니까 천천히 생각해 보도록 해."

"생각할 시간조차 아깝죠."

레인의 반응에 루트의 어깨가 더 무거워졌다.

Emperor Sword

CHAPTER 12
사소한 다툼

끼이익, 휘릭. 끼익, 휘리릭.
뭔가 맞물리는 소리가 들리고 곧 바람 소리가 이어졌다.
그 흐름에 뭔가가 끼어들었다.
끼익, 퍽, 끼익, 휘리릭, 퍼퍼퍽.
"끄악! 커헉! 크학!"
비명 소리가 추가된 게 달라졌지만 여전히 규칙적이었다.
그 소리를 음악 삼아 체로키는 잔을 들었다.
"크하, 술맛이 제법 좋군."
체로키는 약간 달아오른 얼굴로 레인을 쳐다봤다.

"특별히 부탁해서 구한 겁니다."

레인은 그렇게 말하며 미리 준비한 안주 접시를 내밀었다.

체로키는 냉큼 손을 움직여 얇은 살코기를 입으로 집어넣고 우물거렸다.

"우음, 쩝쩝. 이것도 상당히 맛있군."

체로키가 만족스러워하자 레인도 기분이 좋아졌다.

로열 아카데미로 돌아오기 전, 라핀에게 사정을 말하고 부탁했다.

그렇게 준비된 게 바로 대륙 남부의 부족들이 마신다는 과일 발효주였다. 그리고 안주는 돼지 허벅지살을 얇게 펴서 특별한 양념으로 조리한 후 바짝 말린 고기였다.

고기의 크기는 손가락 두 개 정도였지만 물에 불리면 촉촉해지면서 두 배 이상 커지는 일종의 육포였다.

체로키는 아예 술병을 뺏다시피 하더니 잔에 따르지도 않고 입으로 가져갔다.

"그렇게 마시면 빨리 취할 텐데요?"

"좀 취해도 괜찮아. 너희가 방학한 것처럼 나도 휴가 중이라고."

레인은 피식거렸다.

술과 안주는 홀스를 단련시켜 달라는 부탁을 들어준 일종의 선물이었다.

레인은 슬쩍 고개를 돌려 동굴 안쪽을 쳐다봤다.

이전에 체로키와 싸웠던 장소와 달리 여긴 수련을 위한 시설이 충분하게 마련되어 있었다.

지금 홀스를 사정없이 두들기는 장치 역시 그중 하나였다.

커다란 기둥에 나뭇가지처럼 봉이 튀어나와 있었는데 그게 모두 네 개였다.

그 가운데 딱 한 사람이 들어갈 수 있는 공간이 있었다.

당연하게도 거기 있는 건 홀스였다.

네 개의 기둥은 불규칙하게 왼쪽으로 돌다가 오른쪽으로도 돌았다.

당연히 기둥이 돌며 봉이 휘둘러졌고, 홀스는 힘겹게 피하고 있었다.

처음에야 속도가 느리니 일정한 박자에 맞춰 피하면 충분했다. 하지만 기둥의 회전 속도가 빨라지자 홀스는 더 피하지 못하고 공격을 허용하고 말았다.

한 번의 충격에 집중력이 흐트러졌다.

곧 사방에서 몰아치는 봉이 몽둥이찜질을 펼쳤다.

파파팡. 텅텅, 퍼퍼펑.

홀스는 특유의 맷집으로 버티면서 치명적인 공격은 용케 피하고 있었다.

행운은 오래가지 않았다.

"끄아악!"

비명을 지른 홀스는 번개처럼 기둥 사이를 빠져나오더니 미친 사람처럼 바닥을 뒹굴며 신음을 흘렸다.

홀스의 두 손이 중요 부위를 감싸고 있었다.

다른 신체야 단단한 근육으로 되어 있으니 견딜 수 있었지만 후손 생산에 꼭 필요한 부위는 아니었다.

"거기까지 근육은 아닌 모양이군. 어떤 의미로는 정말 다행이야."

레인은 남의 일처럼 말했고, 실제로도 그랬다.

체로키는 홀스를 향해 버럭 고함을 질렀다.

"저거 한번 작동시키는 데 돈이 얼만 줄 알아?"

"하지만… 흐억, 끄윽, 지금은… 으읍, 도저히… 하악, 하악, 못 일어… 끅, 납니다. 후우우."

"내가 일으켜 주랴?"

체로키의 눈에서 살기가 마법처럼 쏘아졌다.

움찔.

홀스는 겨우 동굴의 벽면을 붙잡고 몸을 일으킨 뒤 마른침을 삼켰다. 아직 욱신욱신, 퉁퉁 부어오르는 부위를 보니 차마 용기가 나지 않았다.

하지만 이대로 있다가는 체로키의 살기가 실제가 될지도 몰랐다.

'죽는 것보다는 낫겠지.'

홀스는 눈물을 글썽거리며 한 걸음 내디뎠다.

사람이 없어서인지 모르겠지만 기둥은 회전을 멈추고 있었다. 하지만 홀스의 움직임을 느끼자 또다시 끼이익 하는 소리가 울렸다.

홀스는 허리도 제대로 펴지 못한 채 다시 움직여야 했다.

그리고 이어진 건 역시나 처절한 비명 소리였다.

체로키는 홀스에게 향했던 시선을 레인에게 돌렸다.

"네가 보기에 너무하다고 생각하냐?"

"전혀요."

"그렇지?"

"전 더했는걸요. 아시잖아요, 어머니 성격."

체로키는 입을 다물더니 곧 한숨과 함께 고개를 끄덕였다.

"아무래도 훈련 강도를 높여야겠어."

곧 체로키가 자리에서 일어났다.

홀스의 비명 소리가 더욱 구슬피 울렸다.

"끄으윽. 빌어먹을. 끄아악. 내 기필코······."

홀스는 이를 악물고 신음을 흘린 뒤 한마디를 했고, 그 과정을 지루하게 반복하고 있었다.

그럼에도 레인과 콘티엘은 홀스의 말을 참고 들어줬다.

그건 홀스의 처참한 몰골 때문이었다.

코에는 코피를 막기 위해 둘둘 말린 천이 꽂혀 있었고, 이마는 원래보다 튀어나와 있었다. 거기다 입술은 부르텄고, 온몸이 멍투성이였다.

"그래도 잘 버티고 있구나."

콘티엘이 칭찬하듯 말하자 홀스의 고개가 푹 숙여졌다.

"못 버티면 죽으니까."

순간 싸늘한 침묵이 피어났다.

레인은 그런 홀스의 어깨를 두드려 주었다.

"넌 강해지고 있어. 그걸 의심하진 마."

"나도… 알아."

홀스는 다른 누구보다 자신의 몸이 변하고 있음을 알았다.

처음 체로키에게 훈련을 받을 때, 자신이 자랑하던 우람한 근육이 사라졌다.

그렇게 뼈만 남은 앙상한 몸이 되자 홀스는 절망에 빠졌다.

하지만 오기가 생겼고, 포기하지 않았다.

물론 체로키가 그렇게 만들었겠지만.

"어쨌든 지금은 이전만큼은 아니지만 근육이 붙고 있는 중이야. 그리고 무엇보다 중요한 건 인생에서 가장 중요한 사람을 얻었다는 것이지."

홀스의 말에 레인은 고개를 갸웃거렸다.

"중요한 사람?"

"그래. 나와 피는 이어지지 않았지만……."

누군가 홀스의 목소리를 잘랐다.

"이봐, 거기."

레인과 홀스, 콘티엘은 본능적으로 소리가 들린 방향을 향해 고개를 돌렸다.

반쯤 감긴 눈에 약간 삐뚤어진 코, 거기다 재수없게 웃는 얼굴.

누구인지 잘 생각은 안 나지만 결코 좋은 기억에 존재하는 얼굴이 아니었다.

"가르트님."

홀스는 주먹을 불끈 쥐고 억지로 화를 눌렀다.

면상을 보는 것만으로도 한 방 갈겨주고 싶은 기분이었다.

"맞군. 홀스타인. 근데 어디서 신나게 얻어터진 모양이야."

가르트의 비웃음에 홀스는 입을 다물었다.

상대하고 싶지 않다는 게 솔직한 심정이었다.

하지만 가르트의 생각은 달랐다. 어떻게든 본때를 보여주고 싶었던 것이다.

물론 혼자였다면 감히 그런 생각을 못했으리라.

지금 가르트의 뒤에는 커다란 덩치의 학생들이 열두 명이

나 있었다.

그들 대부분은 기사학부의 상급생들로 페르제 진영에 합류하기로 한 학생들이었다. 거기다 식사 시간도 아니고 아직 방학이라 주위에 사람이 아무도 없었다.

한마디로 홀스를 두들겨 패기에 적당한 상황이라고 할 수 있었다.

"왜 대답이 없어? 내 말을 무시하는 거냐?"

가르트의 노골적인 시비를 눈치챈 홀스는 마지못한 듯 입을 열었다.

"수련을 하다가 다쳤습니다."

"그래? 대체 얼마나 무식한 방법으로 수련을 했기에 얼굴이 병신처럼 된 거냐?"

홀스는 울컥 올라오는 감정을 애써 다스렸다.

기분 같아서는 저 멍청한 얼굴과 거친 절벽이 격렬한 키스를 하게 만들고 싶었다. 하지만 가르트는 자신의 가문이 섬기는 군주의 아들이었다.

마음은 이미 떠난 지 오래지만 힘이 생기기 전까지는 어쩔 수 없었다.

"하긴 무식한 걸로는 기사학부 최고라고 하더니."

가르트의 말에 뒤에 있던 상급생들이 웃음을 터뜨렸다.

홀스가 마법이 걸린 나무 인형을 두들겨 박살 낸 이야기를 이들도 들어서 알고 있었던 것이다.

레인은 가르트의 얼굴을 빤히 쳐다봤다.

시비를 거는 그의 생각이 너무도 쉽게 읽혔다.

"어이, 거기 병신처럼 생긴 놈."

레인이 자신을 부르는 호칭에 발끈한 가르트는 오만 인상을 찌푸렸다.

그러다 문득 레인에 대한 기억이 떠올랐다.

식당에서 자신을 망신시킨 바로 그놈이었다.

"너, 너, 감히······."

흥분했는지 가르트는 말을 더듬었다.

"뭐, 어쩌라고? 생긴 건 더럽게 재수없게 생긴데다가 실력은 쥐뿔도 없고, 간도 콩알만 한 주제에 뒤에 있는 덩어리들만 믿고 시비 걸 생각을 하다니."

레인이 정곡을 찌르자 가르트는 더욱 화가 났다.

"너 이 자식, 가만두지 않겠다."

"헛소리는 됐고, 비켜. 재수없어."

레인이 손을 휘둘렀다.

퍽 소리와 동시에 가르트가 날아갔다. 그리곤 데굴데굴 구르더니 화단 앞의 구덩이에 머리부터 처박혀 버렸다.

눈 깜짝할 사이에 벌어진 일이라 다들 인식하지 못하고 있었다.

"가자."

레인의 말에 홀스와 콘티엘이 당황해했고, 기사학부의 학생들도 마찬가지였다.

그때 흙을 뒤집어쓴 가르트가 버럭 소리쳤다.

"야, 뭐 해? 모조리 덮쳐!"

기사학부 학생들은 잠시 눈치를 봤다.

이쪽은 열두 명이고, 상대는 겨우 세 명이다. 거기다 한 녀석은 비리비리하게 생겨 싸움도 못할 것처럼 보였다.

"내가 책임진다. 병신으로 만들어 버리라고."

가르트는 대단하지 않지만 그 뒤에 페르제가 있었다.

구 왕국파의 중심이자 머지않아 공작의 자리에 오를 그라면 학생끼리의 다툼 정도는 쉽게 무마해 줄 것이다.

학생들은 그렇게 결론을 내리고 레인의 앞을 막았다.

"홀스."

"어?"

"처리해."

레인의 말은 갑작스러웠고, 홀스는 어리둥절해했다.

"배운 건 써먹으라고 있는 거야. 거기다 오늘, 스트레스도 많이 쌓였잖아?"

순간 홀스의 입가에 미소가 그려졌다.

가르트는 자신의 입장 때문에 두들겨 팰 수 없었지만 이 학생들은 아니었다.

 거기다 자신에게는 훌륭한 명분이 있지 않는가?

 저들은 분명 자신의 수련을 비웃었다, 그것도 다른 사람이 아닌 체로키의 방식을.

 체로키가 싸운 이유를 듣게 된다면 충분히 납득하리라.

 학장조차 쥐고 흔드는 체로키였으니 뒤탈은 걱정하지 않아도 좋았다.

 뚜드드득.

 홀스의 주먹에서 선명한 소리가 울렸다.

 동시에 기사학부의 학생들이 일제히 달려들었다.

 "좋아, 놀아보자고!"

 말이 끝나기도 전에 홀스의 주먹이 공간을 갈랐다.

 퍽!

 학생 하나가 코피를 길게 뿜어내며 나가떨어졌다. 그것도 뒤로 두 바퀴 회전하면서 오 미터 가까이 날아간 것이다.

 "뭐, 뭐야?"

 다른 학생이 당황해하면서 말했다.

 "뭐긴 뭐야, 이런 거지."

 또다시 날아온 주먹이 턱에 작렬했다.

 튕겨 나온 네 개의 치아가 햇빛을 받아 반짝거렸다.

 "십 초도 안 걸리겠군."

레인은 고개를 끄덕이며 일방적인 학살 장면을 감상했다.

홀스의 공격은 단순했다.

상대가 보인다. 주먹을 뻗는다. 그럼 상대가 사라진다.

아주 간단한 원리를 몇 번 실행하자 홀스의 앞에 서 있는 학생은 아무도 없었다.

"어라? 벌써 끝난 거야?"

별로 한 것 같지도 않은데 상황 종료였다.

홀스는 입맛을 쩝쩝 다시며 기절한 학생들을 쳐다봤다.

자신의 주먹에 마사지를 당한 자리에서 모락모락 김이 피어나고 있었다.

"쳇, 몸 풀기도 안 되는 녀석들이었군."

홀스가 아쉬워하자 레인이 말했다.

"네가 강해졌다는 생각은 안 드나?"

순간 흠칫한 홀스는 머리를 좌우로 흔들었다.

"글쎄? 잘 모르겠는걸."

"그럼 다시 확인해 보던가."

레인의 손이 옆으로 향했다.

거기에는 이 말도 안 되는 사태에 황당해하는 가르트가 있었다.

"저건… 아직 곤란해."

홀스는 복잡 미묘한 심정이었다.

통쾌한 기분도 들었지만 여전히 가르트를 대하는 건 어려웠다. 하지만 앞으로는 이전처럼 위축되지는 않을 것 같았다.
"그럼 저딴 녀석은 내버려 두고 밥이나 먹으러 가자."
레인이 홀스의 어깨를 툭툭 두드렸다.
그때 멍한 표정을 짓고 있는 가르트의 눈이 반짝였다.
레인의 등 뒤로 단단한 근육질에 커다란 덩치를 가진 사람이 걸어오고 있었던 것이다.
"도와줘."
갑자기 나온 외침에 다들 고개를 갸웃거렸다.
레인이 고개를 돌리자 거기에 클레이븐이 있었다.
클레이븐은 널브러진 학생들과 홀스, 콘티엘과 레인을 번갈아가며 쳐다봤다.
그때 가르트가 다급히 달려왔다.
클레이븐은 내키지 않았지만 페르제와의 관계를 생각해서 물었다.
"무슨… 일이지?"
가르트는 미리부터 준비한 것처럼 떠들어대기 시작했다.
"좀 도와줘. 저 흉악한 녀석이 기분 나쁘다고 갑자기 달려들었어."
가르트는 홀스를 가리키며 속으로 안도의 한숨을 내쉬었다.

신입생 환영회 때 자신이 페르제에게 부탁을 해서 클레이븐이 나섰었다.

그때 홀스가 두들겨 맞고 쓰러지는 걸 보고 얼마나 통쾌했던가.

방금 홀스가 대단한 실력을 보였다지만 클레이븐은 아카데미 내에서도 손꼽히는 강자였고, 홀스 정도는 가볍게 상대할 실력자였다.

비록 클레이븐과 자신이 사이가 좋은 건 아니지만 페르제의 얼굴을 봐서라도 도와줄 것 같았다.

클레이븐이 조용히 물었다.

"그러니까 내 동생이 갑자기 학생들을 덮쳤다?"

"그래. 저 홀스타인이… 동생?"

가르트는 클레이븐과 홀스를 번갈아가며 쳐다봤.

뭔가 불길한 기운이 가르트의 등줄기를 스쳐 지나갔다.

그때 홀스가 다가왔다.

"형님, 별것 아닙니다. 신경 쓸 것도 없어요."

"그래?"

클레이븐은 기분 나쁘다는 듯 가르트를 툭 밀었다. 그러자 가르트는 멍청한 표정으로 엉덩방아를 찧었다.

그때 홀스가 말했다.

"아까 말하려다가 못했는데, 난 클레이븐 형님과 의형제를 맺었다."

 클레이븐은 말없이 고개를 끄덕여 그걸 인정했다.

 체로키 밑에서 열심히 구르다 보니 동병상련의 아픔을 가졌고, 수시로 대련을 하게 되면서 서로의 남자다움에 끌리게 된 것이다.

 마지막으로 체로키가 사형제지간이라 했기에 호탕한 두 사람은 그냥 의형제를 맺어버린 것이었다.

 그런 사정을 몰랐던 레인은 황당해할 수밖에 없었다.

 사실 두 사람의 첫 만남은 악연이었다.

 한 사람이 다른 한 사람을 두들겨 팼으니 좋은 기억일 리가 없는 것이다. 하지만 스스로 남자답다고 생각하는 클레이븐과 홀스에게는 과거 따윈 그리 중요하지 않았다.

 '거참, 희한해.'

 레인이 그렇게 생각하는 사이, 가르트는 몸을 벌벌 떨고 있었다.

 아군일 때 클레이븐만큼 든든한 사람이 없었다.

 그걸 반대로 생각하면 적일 때 그만큼 두려운 사람이 된다는 말이다.

 아니나 다를까, 클레이븐이 홀스에게 물었다.

 "너 얼굴이 왜 이렇게 된 거냐?"

 "아, 이건 수……."

홀스는 사실대로 수련하다 다쳤다고 이야기하려 했다.

하지만 레인이 장난스럽게 끼어들었다.

"저 녀석이 그랬죠. 기사학부 열두 명이서 기습하면 이 친구를 두들겨 팰 수 있다고 생각한 모양이에요."

클레이븐은 이해가 간다는 듯 고개를 끄덕였다.

자신에 비하면 너무도 연약(?)한 의동생 아니던가?

비록 조금씩 강해지고 있다지만 기사학부 상급생 열두 명과 동시에 싸운다면 몇 대 정도는 맞을 수도 있었다.

남이 들으면 무척 어이없어할 생각이었지만.

어쨌든 클레이븐은 레인의 손가락이 가리키는 상대를 확인했다.

방금 자신에게 달려와 도와달라고 한 가르트였다.

홀스의 말과 가르트의 말이 달랐다. 그럼 홀스의 말을 믿는 게 당연했다.

"감히 날 속이려 해."

"아, 아니, 그게 아니라……."

가르트가 벌벌 떨면서 손을 저었다.

클레이븐이 레인과 홀스, 콘티엘을 보며 물었다.

"내가 패는 데 불만있는 사람?"

대답은 아무도 없었다.

곧 가르트의 비명이 하늘에 메아리쳤다.

　　　　*　　　*　　　*

"페르제니, 너무 어구하니다."

이제 여름방학이 끝나가는 시점, 아직 이른 단풍이 가르트의 얼굴에 찾아왔다. 붉고 푸르뎅뎅한.

어쨌든 퉁퉁 부은 입술 때문에 발음은 또렷하지 않았다.

페르제와 하네스는 가르트가 아닌, 깨어나 정신을 차린 학생들을 통해 대충 돌아가는 사정을 알 수 있었다.

"후우."

페르제는 가르트의 얼굴을 보자 두통이 치밀었다.

마음 같아서는 저런 멍청하고 재수없는 녀석을 내쳐 버리고 싶었다. 하지만 가르트의 아버지 카린드 반 익서스 백작이 지원하는 금액은 무시할 수 없었다.

"크레이브가 저르 이러게 마드었스니다. 호내주세오."

가르트는 눈물까지 찔찔 짜면서 부탁했다.

페르제는 듣기 싫다는 신호를 하네스에게 보냈다.

"하네스, 가르트와 잘 이야기해 보도록."

안 그래도 할 일이 많아 머리가 복잡한 상황이었다.

하네스는 가르트의 어깨를 가볍게 두드리며 위로했다.

"페르제님이 알아서 처리할 테니 일단 돌아가 치료하고 있어라."

"저느 제가 다하 거 복수하고 시스니다. 그저까지 어구해서 자도 못 자꺼 가씁니다."

"알았으니까 돌아가 있으라고."

하네스가 눈을 부릅뜨며 노려봤다.

순간 흠칫한 가르트는 부들부들 떨다가 페르제를 쳐다보며 애원했다.

"페르제니, 제바……."

가르트는 눈앞의 하네스를 무시하는 실수를 저질렀다.

페르제가 일을 맡겼다면 그 일에 한해서 하네스의 권위는 자신과 같다. 하지만 그 정도 상식도 없고 떼만 쓰는 종자가 바로 가르트였다.

페르제는 울컥 짜증이 났다.

벌떡 일어선 페르제가 소리쳤다.

"난 두 번 말하지 않는다! 나가라!"

페르제의 붉은 눈동자가 순간 확대된 것처럼 보였다.

가르트는 그 위험한 눈빛에 몸을 움츠렸다.

'흥분하신 모양이군. 더 위험해지기 전에…….'

하네스는 가르트를 일으켜 세우고 바깥까지 부축했다.

가르트 역시 눈치를 챘는지 순순히 따랐다.

다시 안으로 들어온 하네스가 조심스레 물었다.

"괜찮으십니까?"

"아아, 괜찮아. 잠시 열이 오른 것뿐이야."

페르제는 의자에 기댄 채 눈앞에 있는 서류를 옆으로 밀어 놓았다. 그리고 손으로 이마를 감싸듯이 하며 얼굴을 쓸어내렸다.

그건 더 이상 신경 쓰고 싶지 않다는 행동이었다.

하네스는 서류를 분류해서 정리한 다음 자신의 책상으로 옮겨놓았다.

한참 뒤, 페르제의 목소리가 들렸다.

"어떻게 했으면 좋겠어?"

"제 생각에는 클레이븐과 대화를 했으면 좋겠습니다."

페르제의 미간에 얇은 주름이 잡혔다.

"이유는?"

"결국 저렇게 모자란 녀석들도 안고 가는 게 장기적으로 봤을 때 좋습니다."

하네스는 친구이자 상담역이며 참모였다. 때문에 가급적 의견을 들어주는 편이었지만 가끔 이런 부분에선 야속하게 느껴졌다.

지금 하네스의 말은 가르트의 편을 들라는 것이었다.

그건 어떤 식으로든 클레이븐에게 제재를 가하라는 말과 같았다.

페르제는 고개를 가로저었다.

"내키지 않아. 어찌 됐든 클레이븐은 나의 친척이야."

"하지만 손을 놓아버린다면 지지 기반의 일부를 잃어버리게 될지도 모릅니다."

하네스의 목소리는 지극히 정중했다.

결정을 내려야 할 일에 개인적인 감정이 영향을 주지 않게 하기 위해서였다.

그런 의도를 읽었기에 페르제의 답답함은 더욱 짙어졌다.

"마음에 들지 않아."

페르제의 기준으로 가르트는 귀족이 아닌 쓰레기였다.

스스로의 행동에 자부심도 없고 책임도 없는.

그냥 하고 싶은 대로 저지르고 다니는 다섯 살 아이와도 같은 것이다.

그나마 어리면 패서라도 말을 듣게 할 수 있지만 가르트 같은 녀석은 그게 통하지 않았다.

결국 페르제는 결정을 내려야 했다.

"일단 클레이븐에 관한 일은 내가 알아서 하지. 가르트에겐 적당히 말해놓도록."

"알겠습니다."

하네스는 결정에 대해 따지지 않고 그저 충실히 이행할 뿐이었다.

다시 두 사람은 침묵을 지켰다.

페르제는 생각에 잠겼고, 하네스는 서류를 살펴야 했으니까.

한참 뒤, 페르제가 물었다.

"호위들에게 연락은 했나?"

"예. 검투 시합 때 동굴을 수색하기로 했습니다."

잠시 상황을 계산하던 페르제는 고개를 끄덕였다.

"알아서 잘하리라 믿는다. 하지만 절대 무리하지 마라."

"명심하겠습니다."

"그리고 그 검투 시합 말인데……."

하네스는 페르제가 갈등하고 있음을 알아차렸다.

"우승자가 도로시 공주에게 영광을 돌리면 학생들이 열광하겠지?"

"아마 그럴 겁니다."

"그럼 그게 선거에 영향을 미칠 가능성은?"

"어느 정도는 예상하고 있습니다만, 상당할 거라고 생각합니다."

페르제는 잠시 뜸을 들이다 물었다.

"아마 루트 녀석의 머리에서 나온 계획이겠지?"

하네스는 대답 대신 씁쓸하게 웃기만 했다.

페르제는 의자에서 일어나 창가로 향했다.

"만약에 그걸 망치면 어떻게 될까?"

"아마 공주 쪽이 상당히 불리해질 겁니다. 그런데 무슨 계획이라도……."

"나도 검투 시합이란 데 참가해 볼 생각이다."

"예? 직접요?"

하네스의 눈동자가 흔들렸다.

자신은 페르제의 진정한 실력을 알았다. 클레이븐 따위는 발끝에도 못 미친다는 사실을 말이다.

단지 눈에 띄는 게 싫어서 드러내지 않을 뿐.

페르제는 미소를 지었다.

"기왕이면 우승자가 되는 것도 나쁘진 않겠지."

Emperor Sword

CHAPTER 13
검투 시합

화르르륵.

화끈한 열기와 함께 불꽃이 피어났다.

콘티엘이 주저없이 손을 휘두르자 화염 덩어리가 앞으로 쏘아졌다.

호선을 그린 불꽃이 레인을 휘감으려는 순간,

"실드."

순식간에 생겨난 하얀 막과 불꽃이 부딪쳤다.

퍼엉. 후드득.

그렇게 불꽃이 사라지자 콘티엘이 다시 두 손을 앞으로 뻗었다.

"라이트닝."

어깨에서부터 번쩍거린 노란 빛이 팔을 타고 내려왔다.

곧 두 손바닥 사이에서 합쳐지더니 서로 반발하며 튕겨내고 말았다.

파지지직.

노란 번개는 불꽃보다 빠른 속도로 지면을 타고 레인을 덮쳤다.

동시에 레인의 앞에서 붉은 빛이 그려졌다.

이전에 소드 오러로 파이론의 마법을 막았던 것처럼 이번에도 번개가 튕겨져 나갔다.

"와!"

콘티엘은 놀라는 한편 오기가 치솟았다.

지금 레인은 자신의 수련을 도와주고 있었다. 하지만 어떤 마법도 레인의 옷깃조차 건드리지 못했다.

더 황당한 건 레인이 자신보다 훨씬 뛰어난 마법사라는 점이었다. 거기다 오러까지 쓸 수 있는 기사였고.

콘티엘은 오른팔로 천천히 커다란 원을 그리기 시작했다.

"매직 미사일."

손가락 끝에서 작은 물방울 같은 게 떨어져 나와 공중에 정지되었다. 그 방울은 하얀 빛을 내며 점점 커지더니 주먹만

하게 바뀌었다.

원이 완전히 그려지자 주먹만 한 덩어리가 다섯 개 만들어졌다.

피피피핑.

다섯 개의 매직 미사일이 일제히 공기를 갈랐다.

레인은 짧은 두 개의 단검을 휘둘렀다.

스스륵.

붉은 섬광이 중심을 지나가자 매직 미사일 역시 사라지고 말았다.

콘티엘이 다시 마법을 준비하려 했다.

"너무 느려."

"하지만… 이것도 많이 빨라진 거야."

"그건 네 생각이지. 일반적인 마법사를 기준으로 할 때 넌 한참 느린 편이야."

레인의 지적은 정확했다.

사실 콘티엘의 경지는 딱히 어떻다고 하기가 곤란했다.

심장의 마나 서클은 세 개, 마법에 대한 이해는 3클래스 수준에다 명상을 통한 정신력은 그 이상이었다.

문제는 실습의 부족이었다.

지금이야 스스로 나아졌다고 하지만 마법을 펼치는 속도는 1클래스와 거의 비슷하거나 못했다.

검투 시합 301

그나마 다행인 건 실패하지 않는다는 것 정도?

"두고 봐. 한 달 안에 따라잡을 수 있어."

콘티엘의 말에 레인은 섬뜩함을 느꼈다.

저 지독한 노력파 천재는 정말 한다면 할 것 같았다.

다분히 운이 좋았던 것도 있지만 두 달도 안 되는 방학 동안 마나 서클을 세 개나 만들었으니까.

레인은 마법의 경지가 그렇게 빨리 느는 게 아님을 알고 있었지만 차마 장담할 수 없었다.

"뭐, 그러면 좋긴 하지만 너무 서두를 필요는 없어."

"아니야. 앞으로 천 번 정도만 더 해보면 충분히 빨라질 수 있어."

몇십 번도 아니고 천 번이라니.

레인은 그걸 당당하게 말할 수 있는 콘티엘의 무경험이 부러웠다.

마나 서클이 세 개나 된다고 하지만 마법을 한 번 펼칠 때마다 소모되는 마나와 정신력은 엄청났다.

특히 육체를 수련한 기사들이 본능적으로 움직이는 것과는 달리 마법은 섬세한 컨트롤이 필요했다.

복잡한 마법 수식을 외워야 했고, 마나의 형태와 양을 조절해야 했다. 그리고 그걸 머릿속에 완벽하게 그려내어 발동시켜야 하는 것이다.

그걸 천 번 정도 쉬지 않고 반복한다면 단단한 돌대가리인 홀스조차 뇌가 녹아버릴지도 몰랐다.

"자, 오늘은 이만……."

딴생각을 하던 레인의 말이 끝나기도 전, 콘티엘의 손이 앞으로 뻗어 나왔다.

"아이스 스피어."

공기 중의 물방울이 모여들고, 순식간에 얼어붙으면서 긴 창이 만들어졌다.

쐐아악.

아이스 스피어가 레인을 꿰뚫고 동굴 벽에 부딪쳐 터져 나갔다.

콘티엘은 깜짝 놀랐다.

이전과 다르게 마법을 막는 어떤 행동도 없었다.

"레인?"

주의를 집중해 살폈지만 레인의 모습이 보이지 않았던 것이다.

콘티엘은 심장이 철렁 내려앉는 것을 느꼈다.

지금까지 어떤 마법도 무리없이 막거나 튕겨냈기에 오기가 생겼던 것도 있었고, 갑작스럽게 펼쳤다고 해서 레인이 다칠 거라 생각하진 않았다.

하지만 레인의 모습은 보이지 않았다.

두려움과 걱정이 물밀듯이 밀려오자 콘티엘은 당황해하며 동굴을 뒤졌다.

"레인? 어디 있어? 어디 있냐고?"

그때 귓가에 뜨거운 김이 느껴졌다.

"여기."

"끄아아악!"

콘티엘은 비명을 지르며 바닥을 굴렀다. 그리곤 겨우 뒤를 돌아볼 수 있었다.

"너, 너."

"아아, 장난이었어, 장난."

레인이 웃으며 손을 흔들자 그제야 안심이 되는지 콘티엘은 한숨을 내쉬었다.

"휴우, 너 정말 사람 놀라게 할래?"

"사람 놀라게 한 건 너였어."

"뭐?"

레인은 손을 내밀어 콘티엘을 일으켰다.

"자, 오늘 수련은 여기까지입니다. 나머지는 내일 하자고."

레인이 격려하듯 등을 두들겼고, 콘티엘은 정신을 못 차렸다.

"일단 밥이나 먹으러 가자. 배고프다."

"레인, 아까 뭐라고 한 거야?"

"아, 그냥 그런 게 있어."

레인은 방금 전의 일에 대해 더 이상 말하지 않고 오히려 농담을 던졌다.

"그나저나 오늘 저녁은 뭘 먹으면 좋으려나? 홀스 닮은 몬스터 고기가 나오면 안 될 텐데."

콘티엘은 약간 황당한 표정을 지었다.

사실 레인은 말해야 할까 말까 고민했다.

자신이 블링크로 피해야 했을 만큼 콘티엘의 마법이 빨랐다는걸.

*   *   *

시간은 정말 순식간이었다.

방학이 끝난 게 엊그제 같은데 훌쩍 한 달이 지나간 것이다.

바야흐로 아카데미는 흥분으로 가득 차 있었다.

그 시작은 게시판에 걸린 커다란 플래카드 때문이었다.

거기엔 이렇게 적혀 있었다.

가을 축제를 시작합니다.

학생들은 그 내용을 보고 환호성을 질렀다.

일단 그 규모가 신입생 환영회를 가볍게 뛰어넘고 있었다.

황실 서커스에 각종 행사, 각 지방 특산 요리와 진귀한 몬스터 관람장까지.

특히 사람들의 관심을 끈 건 검투 대회와 그 직후 벌어질 댄스파티였다.

학생들은 모두 귀족이었고, 공부를 위해서가 아니라 인맥을 쌓기 위해 아카데미에 온 이들도 많았다.

특히 혼기가 찬 여자의 경우, 댄스파티는 마음에 드는 이성과 가까워질 수 있는 기회나 마찬가지였다.

축제가 보름이나 남았음에도 아카데미는 분주했다.

그건 도로시 공주의 집념 때문이었다.

"준비는?"

"아쉽게도 무척 잘되어가고 있습니다."

루트의 대답에 도로시 공주는 창밖으로 고개를 돌렸다.

옐로우 스톤과 그린 우드 사이의 광장에 각종 시설물이 만들어지고 있었다. 또한 그 뒤로 천막이 들어섰고, 커다란 철창이 세워지고 있었다.

"그런데 뭐가 문제란 거야?"

"그게, 검투 시합 때문에 말입니다."

"그러니까 뭐가 문제냐고."

루트는 약간 곤란하다는 표정을 지었다.

"참가자 중에 페르제 드온 루틴이 있습니다. 거기다 클레이븐까지."

도로시 공주도 클레이븐이 강력한 우승 후보란 걸 알았다.

더불어 페르제와 친척 관계라는 것까지 말이다.

만약 그쪽에서 승리한다면 우승자의 키스를 받으려는 자신의 계획이 물 건너간다.

"우리 쪽에는 사람이 없어?"

당연히 없을 리가 없었다. 도로시 공주 친위대만 해도 백 명이 넘지 않는가?

문제는 그들 중에 클레이븐을 상대할 만한 사람은 없었다.

루트는 솔직하게 말했다.

"그게… 있기는 합니다만, 기대 안 하시는 게 좋을 것 같습니다."

도로시 공주도 짐작이 된다는 듯 고개를 끄덕였다.

팔모슨같이 열혈 추종자 녀석이야 공주를 위해 승리를 하겠다고 달려들겠지만 결과는 뻔했다.

도로시 공주는 언제나처럼 당당하게 명령했다.

"없으면 구해와."

"예?"

"구해오던가 만들어오던가, 아니면 네가 직접 우승하던가

하라고."

루트는 황당한 표정으로 되물었다.

"그거 진심이십니까?"

"난 언제나 진심이야."

도로시 공주는 다시 창밖으로 고개를 돌렸다.

루트는 긴 한숨을 내쉬었다.

가장 적당한 사람이 있기는 했다.

바로 레인 반 로헬.

페르제와는 절대 한편이 될 수 없으면서 클레이븐 정도는 쉽게 박살 낼 수 있는.

이미 트라시온 황자가 방학 동안 레인이 처리했던 일에 대한 서류를 참고하라고 보냈다. 그래서 루트는 더욱 아쉬워했다.

'어쩔 수 없지.'

루트는 돌아가는 대로 참가자 명단에 레인을 올려야겠다고 생각했다.

참가하든 말든 간에 일단은 말이다.

* * *

"일단 여기를 써."

체로키가 안내한 곳은 약간 수상한 동굴이었다.

내부의 크기는 다른 곳보다 훨씬 컸지만 입구는 아주 좁았다. 거기다 깊숙한 곳에서 이상할 정도로 차가운 바람이 불어오고 있었다.

레인은 왠지 거부감이 들었다.

"여기 말고 다른 곳은 없습니까?"

"일단은 그래."

레인은 어쩔 수 없이 고개를 끄덕여야 했다.

안 그래도 검투 시합 때문에 난리가 났다.

기사학부의 학생들은 이 기회에 이름을 날리기 위해 수련에 박차를 가했고, 그 덕에 옐로우 스톤에 있는 작은 동굴들이 꽉 차버린 것이다.

결국 레인은 체로키에게 부탁할 필요가 있었다.

그렇게 안내된 곳은 지금까지 한 번도 와보지 못한 이 동굴이었다.

"조금 불편하더라도 곧 익숙해질 거야. 그리고 절대 저 안으로는 들어가지 마."

체로키가 가리킨 곳은 동굴 깊숙한 곳이었다.

"뭐가 있나요?"

"있기는 하지. 아주 재수없는 거."

"예?"

"그냥 그런 게 있어. 어쨌든 열심히 수련하라고."

체로키가 어깨를 두드려 주자 레인은 고개를 숙였다.

사실 체로키는 아카데미 내에서 만능열쇠나 다름없었다.

콘티엘의 마법 수련 때문에 수업을 듣지 못하게 됐음에도 체로키의 한마디에 해결되었다. 또한 치료에 필요한 포션과 영약 식품의 공급도 마음대로였다.

지금 같은 때, 다른 사람이라면 차례를 기다려야 하는 게 수련 동굴이었지만 이번에도 간단히 해결되지 않았던가.

체로키가 말했다.

"둘이 있을 때는 파드 녀석이 날 형님이라 부른다고."

백곰 같은 체구의 파드 학장이 한참은 어려 보이는 체로키에게 그리 부른다는 게 상상이 가지 않았다.

"어쨌든 고맙습니다."

"뭘, 우리 사이에."

체로키는 씨익 웃으며 동굴 밖으로 나갔고, 레인은 혼자 남게 되었다.

레인이 다시 수련을 해야겠다고 느낀 건 콘티엘 때문이었다.

보다 정확히 말하면 콘티엘의 마법을 방어하면서 파이론의 존재를 떠올린 탓이었다.

어린 시절, 지긋지긋하고 끔찍하고 괴로워 다시는 떠올리고 싶지 않은 수련을 했었다.

그때야 시키는 대로 해야 했고, 어머니의 무자비한 사랑(?)이 폭풍처럼 쏟아졌기에 어쩔 수 없었다. 하지만 어느 정도 경지에 이른 후부터는 거의 신경 쓰지 않았다.

적어도 황궁 내의 어떤 로열가드도 자신을 이길 수 없었으니까.

그렇게 실력이 정체되었음을 느꼈을 때 어머니 세이렌은 자신을 용병으로 보내 버렸다.

처음에야 경험 부족으로 고생하긴 했지만 익숙해지는 건 금방이었다. 곧 레인은 용병들 사이에서도 제법 이름을 날릴 수 있었다.

트롤의 목을 갈라 버린 C급 용병으로.

어쨌든 실력이 정체될 때마다 세이렌은 다양한 방법으로 새로운 수련을 시켰다.

하지만 그런 부모님은 지금 없었다.

그리고 부모님을 찾기 위해선 그 미친 카오스 스톰을 상대해야 했다.

그 조직에 파이론이 있는 이상, 적어도 그를 압도할 실력을 가지고 있어야 하는 것이다.

레인이 손을 움직였다.

입구와 주변을 밝히고 있던 횃불들이 일제히 꺼졌다.

레인은 가부좌를 한 뒤 눈을 감았다.

월하단천검무를 거의 완성한 이상 몸을 움직이는 수련은 의미가 없었다. 그래서 레인이 택한 건 명상을 통한 가상의 대련이었다.

곧 레인의 기척이 동굴과 동화되었다.

그리고 시간이 빠르게 흐르기 시작했다.

* * *

"여기가 틀림없나?"

"예. 벌써 서른 곳을 넘게 조사했습니다. 의심스러운 동굴 중에 남은 건 여기뿐입니다."

어둠 속에서 울리는 목소리는 무척 조심스러웠다.

"일단 불을 켜라."

명령에 따라 몇몇이 움직이더니 이내 횃불 하나가 어둠 속에서 피어났다.

그 붉은 빛에 동굴이 반사되었고, 곧 하네스의 얼굴이 드러났다.

하네스와 페르제의 호위들이었다.

이들은 오래전부터 기회를 노리고 있었는데, 마침 검투 시합을 앞두고 수련 열풍이 몰아쳤다.

모두 기사학부에 속해 있는 터라 수련장을 신청했고, 시간이 안 맞는다는 이유로 다른 사람들과 순번으로 바꿔가며 하나하나 조사를 했던 것이다.

이제 남은 건 이 동굴이었다.

"얼굴은 가려라."

학생들은 준비한 천을 꺼내 얼굴의 아랫부분을 가렸다.

그건 몇몇 동굴을 탐색하다가 안에 있는 수련자와 마주쳤던 경험 때문이었다.

처음에는 동굴을 잘못 찾았다고 했다.

입구가 비슷비슷하니 그런 실수도 곧잘 있곤 해서 넘어갔지만 모두가 그런 건 아니었다.

어떤 학생은 자신의 수련 장면을 엿봤다고 덤벼들기까지 했다. 다행히 숫자도 많고 실력도 차이가 나 단번에 제압해 기절시켰지만 아무래도 얼굴이 드러나는 건 곤란했다.

제일 앞에 나선 학생이 조심스럽게 말했다.

"아무도 없는 것 같습니다."

"그래? 다행이군. 하지만 얼굴은 계속 가리고 있어라."

꼼꼼한 하네스의 명령에 학생들은 고개를 끄덕였다.

"그나저나 우리가 찾는 물건이 뭡니까?"

"그건……."

하네스는 잠시 망설였다.

이들과 보름 동안 함께하면서 많이 친해졌다. 그리고 나중에 페르제를 호위하기 위해 키워진 학생들이니 알아두는 것도 나쁘지 않다 싶었다.

하네스의 목소리가 더욱 작아졌다.

"나도 정확한 건 모른다. 하지만 구시대의 유물 중에 하나라는 것 정도만 알아두어라."

"구시대의 유물?"

"그래. 과거 인간들이 뛰어난 마법 기술을 바탕으로 대륙을 지배했다던 마도시대가 있었지. 우리가 찾는 건 그때 만들어진 물건이다."

학생들은 다들 고개를 끄덕였다.

마도시대 때의 유물은 기이한 힘을 가졌다.

평범한 청년을 뛰어난 검사로 만들었고, 지금은 없는 7클래스 마법이 기록된 아티팩트도 있었다. 그러니 하네스가 정확한 걸 모른다는 게 오히려 믿음이 갔다.

그렇게 하네스와 학생들이 열 걸음 정도 들어갔을 때다.

"누구냐?"

갑자기 들린 목소리에 다들 깜짝 놀랐다.

하네스가 급히 손을 들어 신호를 보낸 뒤 자세를 낮추었다.

다들 침묵을 지킨 채 가만히 있었다.

"누구냐고 물었다."

하네스는 잠시 고민했다.

상대는 자신들의 기척을 확실히 파악한 모양이었다.

'그토록 은밀하게 움직였는데.'

하네스의 이마에 식은땀이 흘렀다.

그때 손가락이 튕겨지는 소리가 들렸다.

"라이트."

공중에 하얀 빛의 덩어리가 생겨나며 동굴을 환하게 만들었다.

"이런."

하네스는 인상을 찌푸리며 손바닥으로 눈 주변을 감쌌다.

동시에 빛을 만들어낸 상대를 살폈다. 하지만 빛은 그리 밝지 않아 상대의 윤곽이 뚜렷하지 않았다.

하네스가 소리쳤다.

"일단 기절시켜!"

여섯 명의 학생이 일제히 앞으로 뛰쳐나갔다.

남은 네 명은 갑자기 터진 밝은 빛 때문에 미처 시력을 회복하지 못해 움직임이 느렸다.

하지만 그게 행운이었다.

먼저 달려든 여섯 명은 오랫동안 손발을 맞춘 것처럼 움직였다.

두 명이 정면에서, 그리고 두 명씩 좌우에서.

상대는 한 걸음 슬쩍 물러서는 것 같았다.

하지만 그건 착시였다.

순식간에 상대의 그림자가 여섯 개로 늘어나면서 동시에 공격이 펼쳐졌다.

번쩍.

"크윽!"

먼저 달려든 여섯 명이 튕겨졌다. 그것도 달려들 때보다 배는 빠른 속도로.

하네스는 자신의 눈을 의심했다.

실력을 감춘 채 기사학부에서 생활하고 있었지만 학생 둘이라면 클레이븐 정도는 충분히 상대할 수 있었다.

그런 학생이 여섯 명이었다.

하지만 상대는 그런 여섯 명을 단번에 쓰러뜨려 버렸다.

어둠 속이라 제 실력을 모두 발휘하지 못했다는 걸 감안하더라도 상대는 대단했다.

'대적할 수 있는 수준이 아니다.'

판단과 동시에 상대가 앞으로 움직였다.

하네스가 다급히 외쳤다.

"작전 D. 모두 후퇴한다!"

"그게 될까?"

언제 옆으로 온 것일까?

상대의 목소리가 귓가에서 들렸다.

하네스의 손이 본능적으로 그 방향을 향해 뻗어나갔다.

동시에 상대의 주먹도 움직였다.

"트리플 라이트."

번쩍하는 순간 엄청난 빛이 뿜어졌다.

"이런."

상대의 목소리에 당황하는 빛이 역력했고, 약간 휘청거리기까지 했다.

하네스는 돌아볼 것도 없이 동굴 입구로 달려나갔다.

학생들도 마찬가지였다.

"윽."

하네스는 학생들과 흩어지자마자 근처의 공원으로 움직였다. 무성한 수풀 사이, 나무에 등을 기대자 갑자기 통증이 몰려왔다.

옆구리에 손을 대보니 더욱 아팠다.

"아무래도 몇 대 부러진 것 같은데."

하네스는 억지로 신음을 누르며 인상을 찌푸렸다.

"그 녀석, 대체 누구지?"

목소리는 아직 젊은 청년인 것이었다. 하지만 짐작 가는 사람은 없었다.

하네스는 통증을 참으며 축제가 벌어지는 한복판으로 움

직였다. 사람들 사이에 섞여 있으면 쉽게 발견하지 못할 것 같았기 때문이다.

"분명히 맞았는데?"
레인은 고개를 갸웃거렸다.
주먹에 어느 정도 느낌이 남아 있었다.
이 정도의 충격이라면 쓰던 마법도 취소당하는 게 당연했지만 상대는 끝까지 정신을 집중했다.
레인의 실수는 바로 그것이었다.
저들이 작전이라고 외친 건 아마도 마법을 대비하라는 것.
레인만이 갑자기 터진 마법에 대응하지 못하고 일시적으로 시력을 빼앗기고 말았다.
눈을 감았지만 그만큼 엄청난 빛이었던 것이다.
"트리플 라이트라……."
레인 역시 그 마법에 대해 잘 알고 있었다.
라이트 마법이 어두운 곳을 비추는 것이라면 트리플 라이트는 상대의 시력을 뺏기 위한 것이었다.
그걸 도주하는 데 쓴다는 건 그만큼 노련하다는 증거였다.
"아직 미숙하군."
레인은 아쉬워하며 그들이 빠져나간 쪽을 쳐다봤다.
"그나저나 마도시대의 유물이라고?"

약간 호기심이 생겼지만 그리 궁금해하지 않았다. 어차피 체로키가 알고 있을 테니 물어보면 되는 것이다.

레인은 다시 수련에 집중하려다가 고개를 저었다. 대체 며칠을 보냈는지 판단이 되지 않아서였다.

"일단 나가볼까?"

레인은 느긋한 걸음으로 동굴 밖으로 향했다.

환한 빛이 눈을 찔렀지만 레인은 곧 적응할 수 있었다.

"어라?"

레인은 옐로우 스톤을 막 벗어나 주변을 돌아봤다.

그 앞에 엄청난 숫자의 학생들이 뒷모습을 보이고 있었다.

레인은 곧바로 축제가 벌어지고 있다는 사실을 알아차렸다.

하지만 뭔가 이상했다.

그 많은 학생들은 누가 마법이라도 건 것처럼 침묵을 지키고 있었다.

"뭐야?"

레인은 황당한 표정으로 모두의 시선이 집중된 곳을 쳐다봤다.

그곳은 검투 시합의 무대였다.

커다란 체구에 갑옷같이 탄탄한 근육질의 몸이었다.

검투 시합 319

또한 그런 몸으로도 무대 끝에서 끝까지 단번에 움직일 수 있을 정도로 날렵했다.

누구나 손꼽는 우승 후보.

바로 클레이븐이었다.

하지만 모두를 침묵하게 만든 건 그가 아니었다.

무대의 바닥에 쓰러진 클레이븐, 그의 몸이 맹렬히 불타오르고 있었다.

상대가 손가락을 흔들었다.

불꽃은 클레이븐의 육체를 떠나 살아 있는 생물처럼 주인에게 되돌아갔다.

불꽃은 주인을 지키려는 듯 주위를 맴돌고 있었다.

타오르는 불꽃 같은 붉은 머리카락.

마찬가지로 선명한 붉은 눈동자.

고귀한 혈통임을 자랑하는 오만한 표정.

바로 페르제 드욘 루틴이 거기에 서 있었다.

『엠페러 소드』 3권에 계속…

Book Publishing CHUNGEORAM

黑獅子 魔王
흑사자 마왕

김운영 판타지 장편 소설

[왕자님, 왕자님께서 저희를 부르시면
언제라도 달려가 왕자님께 물질계의 모든 것을 바치겠습니다.
세상의 모든 미녀와 온갖 진귀한 보물, 모든 것은 왕자님의 것이옵니다.
모든 것……]

디온은 하품을 하며 잠이 덜 깬 목소리로 대답했다.
"알았다. 내 필요하면 부를 테니 이만 들어가라."

신을 초월한 인간, 초월자.
인간으로 태어나 인간으로 죽길 소원했던 그가
마왕의 피를 품고 태어나다!

유령이 아닌 자유추구 -
WWW.chungeoram.com
Book Publishing CHUNGEORAM

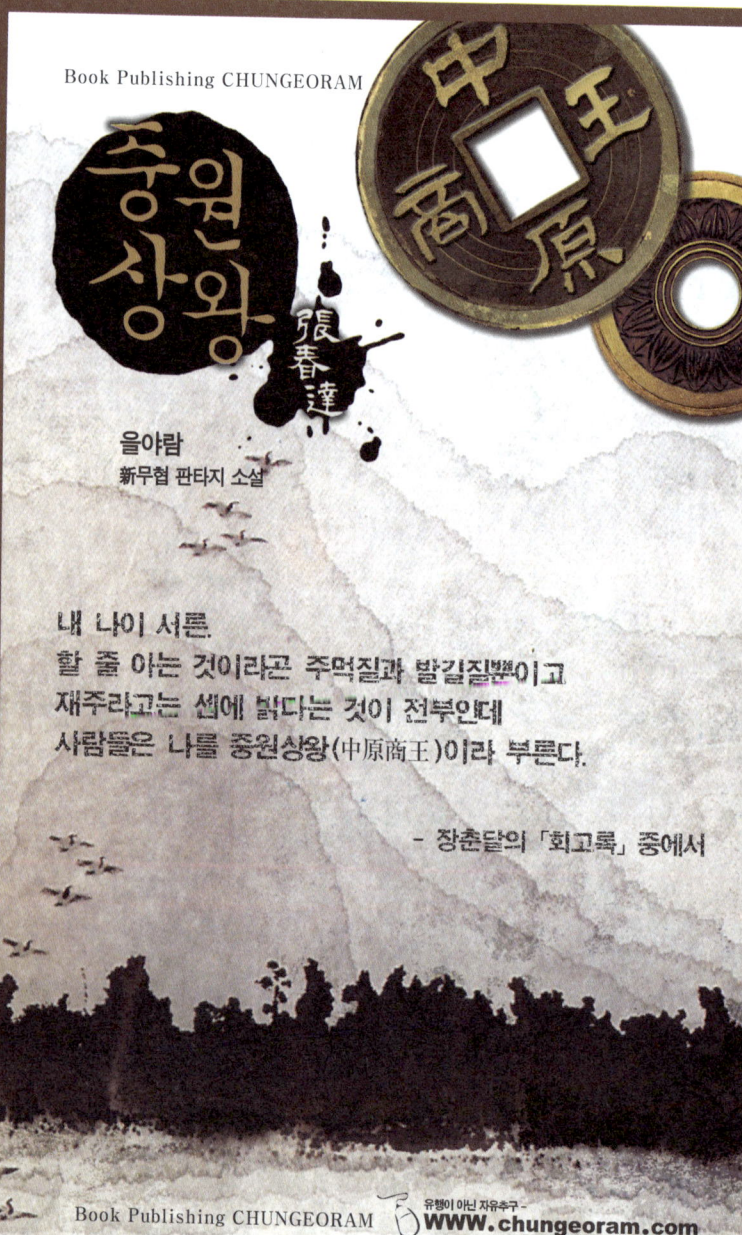

이경영
판타지 장편 소설

가즈나이트 R

Gods Knight R

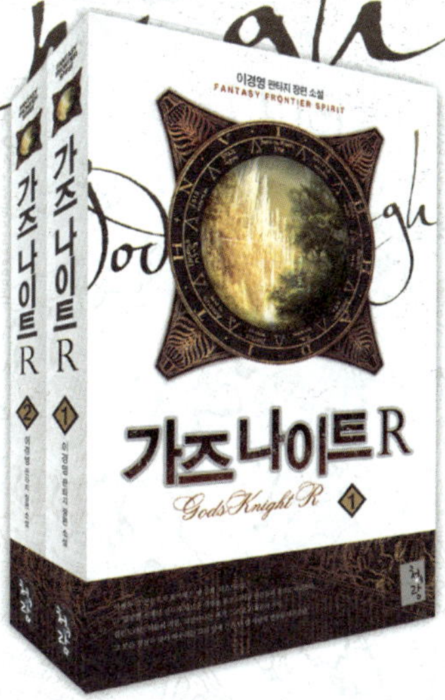

이제는 그 전설조차 희미해진 옛 신계, 아스가르드.

그 멸망한 신계의 전사가 새로운 사명을 품고
다시금 인간들의 곁으로 내려온다.

렘런트라는 이름의 적들, 되살아나는 과거, 그리고 가치관의 차이.
그 모든 것들과 맞서 싸우려는 그녀 앞에 신은 단 한 사람의 전우를 내려준다.

그는 붉은 장발의, R의 이름을 가진 남자였다!

초대작 「가즈 나이트」의 부활!
신의 전사들의 새로운 싸움이 지금 시작된다!

Book Publishing CHUNGEORAM

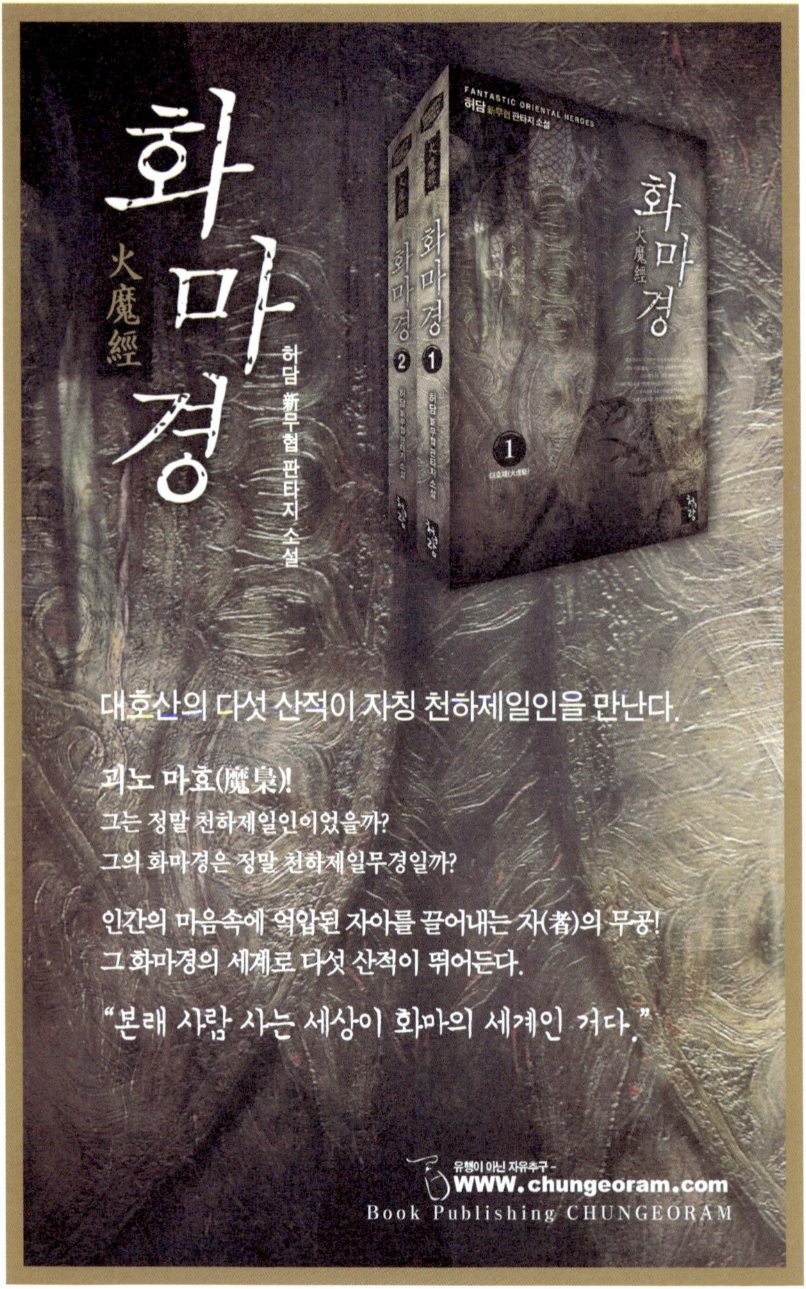

화마경 火魔經

허담 新무협 판타지 소설

대호산의 다섯 산적이 자칭 천하제일인을 만난다.

괴노 마효(魔梟)!
그는 정말 천하제일인이었을까?
그의 화마경은 정말 천하제일무경일까?

인간의 마음속에 억압된 자아를 끌어내는 자(者)의 무공!
그 화마경의 세계로 다섯 산적이 뛰어든다.

"본래 사람 사는 세상이 화마의 세계인 거다."

유행이 아닌 자유추구 -
WWW.chungeoram.com
Book Publishing CHUNGEORAM

Book Publishing CHUNGEORAM

黑獅子 魔王
흑사자 마왕

김운영 판타지 장편 소설

[왕자님, 왕자님께서 저희를 부르시면
언제라도 달려가 왕자님께 물질계의 모든 것을 바치겠습니다.
세상의 모든 미녀와 온갖 진귀한 보물, 모든 것은 왕자님의 것이옵니다.
모든 것……]

디온은 하품을 하며 잠이 덜 깬 목소리로 대답했다.
"알았다. 내 필요하면 부를 테니 이만 들어가라."

신을 초월한 인간, 초월자.
인간으로 태어나 인간으로 죽길 소원했던 그가
마왕의 피를 품고 태어나다!

유행이 아닌 자유추구 -
WWW.chungeoram.com
Book Publishing CHUNGEORAM

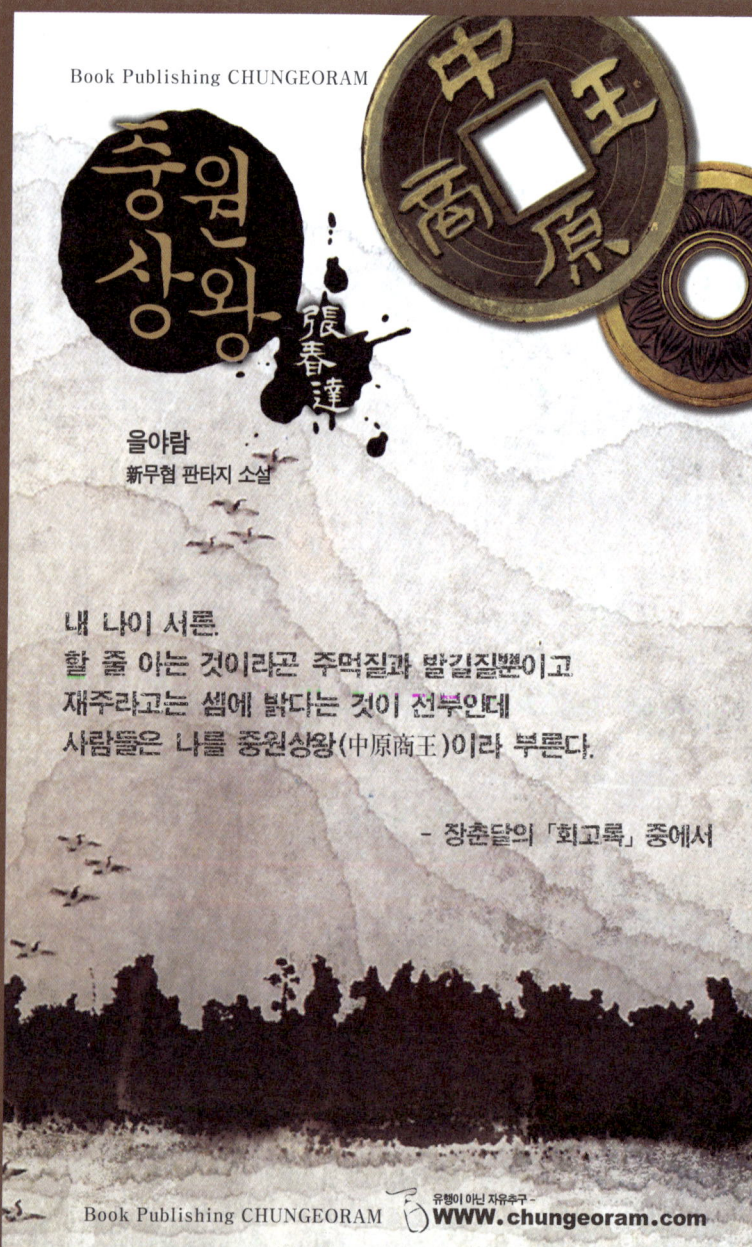

Book Publishing CHUNGEORAM

중원상왕
張春達

을야람
新무협 판타지 소설

내 나이 서른.
할 줄 아는 것이라곤 주먹질과 발길질뿐이고
재주라고는 셈에 밝다는 것이 전부인데
사람들은 나를 중원상왕(中原商王)이라 부른다.

- 장춘달의 「회고록」 중에서

Book Publishing CHUNGEORAM
유행이 아닌 자유추구 -
WWW.chungeoram.com

이경영
판타지 장편 소설

가즈 나이트 R

Gods Knight R

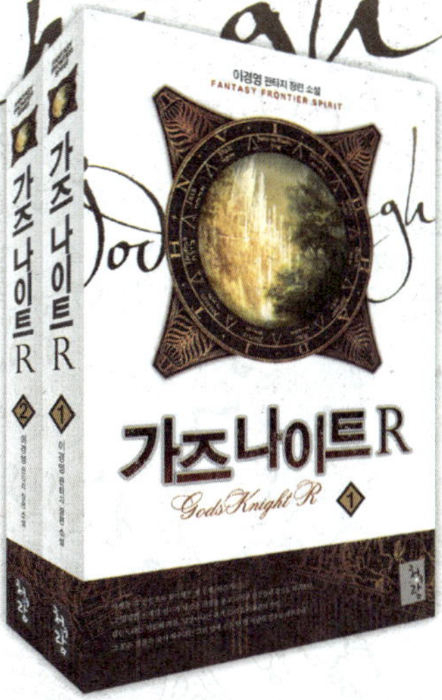

이제는 그 전설조차 희미해진 옛 신계, 아스가르드.

그 멸망한 신계의 전사가 새로운 사명을 품고
다시금 인간들의 곁으로 내려온다.

렘런트라는 이름의 적들, 되살아나는 과거, 그리고 가치관의 차이.
그 모든 것들과 맞서 싸우려는 그녀 앞에 신은 단 한 사람의 전우를 내려준다.

그는 붉은 장발의, R의 이름을 가진 남자였다!

초대작 「가즈 나이트」의 부활!
신의 전사들의 새로운 싸움이 지금 시작된다!

Book Publishing CHUNGEORAM

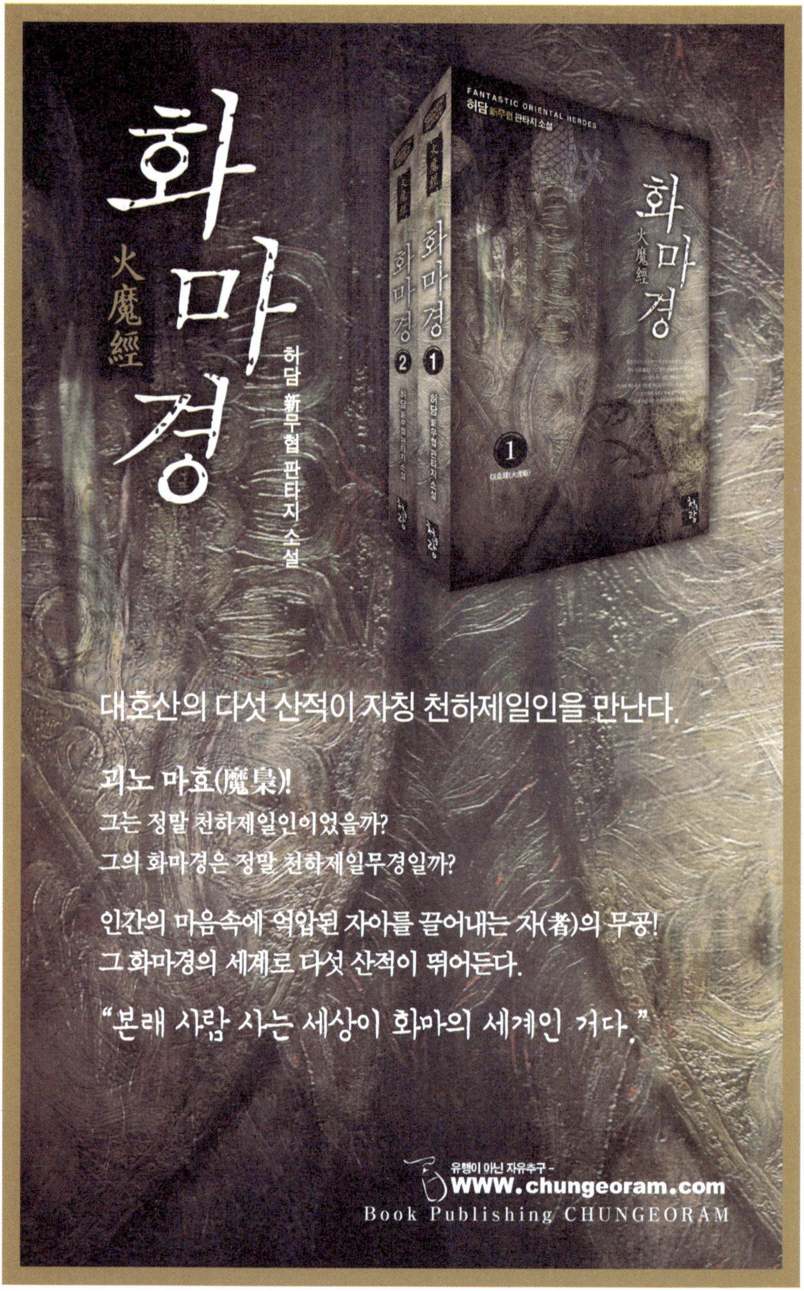

화마경 火魔經

허담 新무협 판타지 소설

대호산의 다섯 산적이 자칭 천하제일인을 만난다.

피노 마효(魔梟)!
그는 정말 천하제일인이었을까?
그의 화마경은 정말 천하제일무경일까?

인간의 마음속에 억압된 자아를 끌어내는 자(者)의 무공!
그 화마경의 세계로 다섯 산적이 뛰어든다.

"본래 사람 사는 세상이 화마의 세계인 거다."

유행이 아닌 자유추구 -
WWW.chungeoram.com
Book Publishing CHUNGEORAM